瑞蘭國際

瑞蘭國際

閒聊說法語

楊淑娟
Théo Scherer

合著

用30則會話，增進法語的口語表達能力！

Ça te dirait ?
你（妳）想嗎?

Quoi de neuf ?
你（妳）最近好嗎?

Ça te plaît ?
你（妳）喜歡嗎?

序

　　學習外語的目的，不外乎在於累積多語學習之範疇，與探索該國豐富文化之廣度。可是眾多的法語學習者，經常會因初次認識而不知如何問話？如何談話？如何回應？像這種因説話者彼此所使用的語言層次以及對話內容難以設定，以致造成溝通上的障礙。因此，本書針對這類問題，嘗試設計一些在對談中會運用到的句子，將其融入從初級、中級到高級之對話，期能帶出「説的方法」，也是本書書名《閒聊説法語》之目的，希冀引領大家一步步走進説話內容的核心。

　　書中的主角是位來到臺灣的法國人，他在咖啡店遇到了一些臺灣人及其他國籍的人，透過聊天瞭解彼此並認識雙方的生活文化，經由各自表達自己的觀點且談論當前的熱門議題，從而更能體驗他在臺灣生活的各種層面。

　　本書共30章，每章皆包含生活對話、文法解析與3首法語歌曲欣賞。

- **生活對話**：1）第1～10章：彼此認識與了解。2）第11～20章：涵蓋人工智慧與podcast。3）第21～30章：臺法生活文化、線上上課與居家辦公、環保等議題。對話內容設計非以文法進度為基礎，而是以生活的自然實際層面為主。

- **文法解析**：分析對話中比較困難的文法觀點，並配合實用的例句。

- **歌曲欣賞**：每一章列出3首法語歌曲，歌名都與該章的內容相關。

此書另提供附錄（一）法語動詞結構之用法，及附錄（二）介紹法語區國家歌曲。

- **動詞結構**：從30章對話中篩選出法語動詞結構，並列出其用法。
- **法語區國家歌曲**：精選130首法語區國家的歌曲，包括法國、比利時、加拿大、瑞士及法屬瓜地洛普島（Guadeloupe）及留尼旺島（île de la Réunion）的歌曲。

本書的完成也歸功於參與錄音工作的法籍人士Théo Scherer及Lise Moyon。此外，國立中央大學法文系林德祐教授、國立臺北教育大學音樂系楊淑媚教授等人給予很多寶貴意見。最後感謝瑞蘭國際出版有限公司的王愿琦、葉仲芸與潘治婷三位小姐大力協助出版此書。

期盼本書能成為學習者與法國人士聊天的一把金鑰匙，隨身帶著它開啟聊天的泉源。

淡江大學法文系榮譽教授　楊淑娟

Préface

En parcourant ce livre et les dialogues qui y figurent, vous vous rendrez compte de leur côté pratique, et ce n'est là pas un hasard. En effet, ces dialogues sont, pour la plupart, le reflet de conversations réelles que j'ai eues en français avec Mme Julia Yang ou d'autres francophones sur divers sujets. Leur déroulement est tel qu'on pourrait le trouver en situation réelle lors d'une conversation avec des locuteurs natifs du français. C'est d'ailleurs là notre objectif : proposer des dialogues intéressants et réalistes, accompagnés notamment d'explications grammaticales et d'exemples pertinents. Nous avons fait le choix, pour ce manuel, d'un registre de langage oral - sans pour autant tomber dans le familier - car nous croyons que c'est celui que vous serez le plus amené à employer tout au long de votre vie francophone. Le choix de certaines phrases, expressions ou même de certains mots pour figurer dans ce livre s'inscrit justement dans cette volonté d'utilité. Par exemple, si l'expression *ça m'intéresse* est souvent utilisée dans la vie de tous les jours, *ça me tente* l'est tout autant, ce qui a motivé notre décision de l'inclure dans ce livre.

D'autre part, vous remarquerez la contemporanéité de certains thèmes abordés tels que l'intelligence artificielle, des tendances de la société ou encore des habitudes en phase avec notre époque. Ces thèmes, à travers les dialogues qui y sont liés et à côté d'autres atemporels, offrent une touche de réalisme. Nous avons voulu vous apporter le bagage nécessaire pour comprendre et parler de sujets d'aujourd'hui, et réussir à créer des interactions dans l'air du temps.

En parallèle de cela, nous tenions à ce que vous, cher lecteur, puissiez vous imprégner, à votre rythme et selon vos goûts, des cultures francophones. C'est ainsi que nous avons décidé d'inclure dans ce manuel une liste de chansons que nous considérons, dans la majorité, comme des classiques de la chanson en français. À la fin de ce livre, vous trouverez une liste plus complète de chansons regroupées en fonction de leur année de sortie.

Comment utiliser ce livre ? Pour en tirer un maximum de profit, en plus de la lecture et de l'analyse du contenu de chaque chapitre, efforcez-vous de pratiquer suffisamment les connaissances qui se trouvent dans les dialogues. Cette pratique peut se présenter sous diverses formes : soit en répétant simplement les phrases que vous entendez lors de l'écoute des documents audio, soit en essayant de composer vous-même un nouveau dialogue ou de nouvelles phrases dans le même thème, soit en utilisant activement ces connaissances lors d'une conversation avec un locuteur natif, ou en combinant toutes les méthodes susmentionnées, ce que je recommande. Vous pouvez également choisir d'écouter les trois chansons qui se trouvent à la fin de chaque chapitre. Elles ont été minutieusement sélectionnées pour leurs paroles et leur proximité avec certains mots du dialogue du même chapitre. Saisissez cette opportunité de faire d'une pierre deux coups : découvrir le paysage musical francophone tout en vous facilitant l'accès à la compréhension de mots donnés.

Je vous souhaite de faire bon usage des clés contenues dans ce livre et d'en entretenir régulièrement le souvenir. Découvrir, comprendre, assimiler, puis utiliser et, enfin, réviser sont les étapes à respecter pour que le processus d'apprentissage se passe de la meilleure façon possible. Restez motivé en ayant votre objectif en tête et vous réussirez.

Bon apprentissage !

Théo Scherer
Professeur de Français

如何使用本書

生活對話

全書精選30則活潑有趣的對話主題，涵蓋認識朋友、暢談人工智慧及podcast，還有了解臺法文化差異，以及線上課程與居家辦公等，帶您一步步走進閒聊的核心！

文法解析

分析對話中比較困難的文法觀點，並配合實用的例句，輕鬆理解文法！

音檔序號

收錄法籍教師親錄音檔，一邊看書、一邊聆聽，讓您隨時沉浸在法語環境，自然而然掌握「說的方法」！

歌曲欣賞

每一章列出3首法語區國家歌曲，歌名都與該章的內容相關，帶您透過法語歌曲，增進對法語的學習及法國文化的認識！

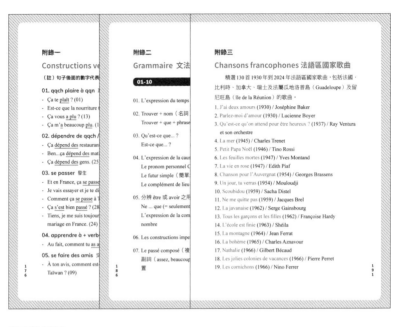

豐富的附錄

全書最後更整理了動詞結構、全書文法索引，並精選130首來自法國、比利時、加拿大、瑞士、以及法屬瓜地洛普島（Guadeloupe）和留尼旺島（Île de la Réunion）的法語歌曲，充實的內容等你來發掘！

如何掃描 QR Code 下載音檔

1. 以手機內建的相機或是掃描 QR Code 的 App 掃描封面的 QR Code。
2. 點選「雲端硬碟」的連結之後，進入音檔清單畫面，接著點選畫面右上角的「三個點」。
3. 點選「新增至「已加星號」專區」一欄，星星即會變成黃色或黑色，代表加入成功。
4. 開啟電腦，打開您的「雲端硬碟」網頁，點選左側欄位的「已加星號」。
5. 選擇該音檔資料夾，點滑鼠右鍵，選擇「下載」，即可將音檔存入電腦。

Sommaire 目次

01~10

彼此認識

01 Vous êtes français ?
您是法國人嗎？

1 Dialogue | 對話

Anna : Vous êtes français ?

Léo : Oui, je suis français. On peut se tutoyer.

Anna : D'accord. Tu t'appelles comment ?

Léo : Je m'appelle Léo.

Anna : Tu es à Taïwan depuis combien de temps ?

Léo : Depuis un mois.

Anna : Ça te plaît ?

Léo : Oui, j'adore Taïwan.

Anna : 您是法國人嗎？

Léo : 是的，我是法國人。我們可以互相用「你」來稱呼。

Anna : 好的。你叫什麼名字？

Léo : 我叫 Léo。

Anna : 你在臺灣多久了？

Léo : 一個月了。

Anna : 你喜歡臺灣嗎？

Léo : 喜歡，我超喜歡臺灣。

Grammaire | 文法解析

· L'expression du temps（時間短語）

Depuis（介系詞） 自……以來

> 請看對話中的句子：
>
> **Anna :** Tu es à Taïwan <u>depuis</u> combien de temps ?
> **Léo :** <u>Depuis</u> un mois.

例句：

- Tu habites au Japon <u>depuis</u> combien de temps ?
  你住在日本住多久了？

- Elle est végétarienne <u>depuis</u> combien de temps ?
  她吃素吃多久了？

● ● ● ● ● ● ● ● ● ● ● ● ● ● ● ● ●

Chansons francophones ♫

★ Mathieu Boogaerts - *Comment tu t'appelles ?*

★ Hélène - *Je m'appelle Hélène*

★ Joe Dassin - *Si tu t'appelles mélancolie*

02 Tu parles chinois ?
你說中文嗎？

1 Dialogue | 對話

Laura : Tu parles chinois ?

Matthias : 一點點 (un petit peu).

Laura : Tu parles bien le chinois.

Matthias : Merci. Et toi ? Tu apprends le français ?

Laura : Oui, depuis 6 mois.

Matthias : Où ça ?

Laura : À l'université.

Matthias : Tu aimes le français ?

Laura : Oui, j'adore. Je trouve que le français est une très belle langue.

Laura： 你說中文嗎？

Matthias： 一點點。

Laura： 你中文說得很好。

Matthias： 謝謝妳。妳呢？妳學習法文嗎？

Laura： 是的，學了 6 個月。

Matthias： 妳在哪裡學？

Laura： 在大學。

Matthias： 妳喜歡法文嗎？

Laura： 喜歡，我超喜歡。我覺得法文是一種非常美麗的語言。

· Trouver + nom（名詞）找到

· Trouver + que + phrase（句子）覺得

請看對話中的句子：

Matthias : Tu aimes le français ?

Laura :　Oui, j'adore. Je trouve que le français est une très belle langue.

例句：

- Le policier a trouvé le voleur.
  警察找到了小偷。

- Nous trouvons que la grammaire française est assez compliquée.
  我們覺得法文文法相當複雜。

Chansons francophones ♫

★ Sacha Distel - *Où ça, où ça*

★ Evelyne Brochu - *Six mois*

★ Céline Dion - *Pour que tu m'aimes encore*

Notes

Vous trouvez que le français est une très belle langue ?

03 Qu'est-ce que tu fais à Taïwan ?
你在臺灣做什麼？

Raphaël : Tu habites où ?

Emma : À Taipei, et toi ?

Raphaël : Moi aussi.

Emma : Qu'est-ce que tu fais à Taïwan ?

Raphaël : Je suis étudiant.

Emma : Qu'est-ce que tu étudies ?

Raphaël : La langue et la littérature chinoises.

Emma : Oh, c'est intéressant. Tu trouves que le chinois est difficile ?

Raphaël : Oui, c'est très difficile.

Emma : Le français aussi.

Raphaël : 妳住哪裡？

Emma ：　臺北，你呢？

Raphaël : 我也住臺北。

Emma ：　你在臺灣做什麼？

Raphaël : 我是學生。

Emma ：　你唸什麼？

Raphaël : 中文與中國文學。

Emma ：　喔，有意思。你覺得中文困難嗎？

Raphaël : 困難，非常地困難。

Emma ：　法文也很困難。

2 Grammaire | 文法解析

- Qu'est-ce que... ?　什麼…？

- Est-ce que... ?　是否…？

> **請看對話中的句子：**
>
> **Emma :** Qu'est-ce que tu fais à Taïwan ?
> **Emma :** Qu'est-ce que tu étudies ?

例句：

- Qu'est-ce que vous aimez faire quand vous êtes libres ?
  你們（妳們）有空喜歡做什麼？

- Est-ce que tu es fatigué ?
  你是否累了？

Chansons francophones ♫

★ Joe Dassin - *Qu'est-ce que tu fais de moi ?*

★ Corneille - *Qu'est-ce que tu fais ?*

★ Daniel Guichard - *C'est très difficile*

Notes

Vous trouvez que le français est difficile ?

04 Pourquoi tu apprends le français ?
妳為什麼學習法文？

---

1 Dialogue | 對話 ▶ MP3-04

Louise : Pourquoi tu apprends le chinois ?

Arthur : Parce que j'aime apprendre des langues. Et toi ? Pourquoi tu apprends le français ?

Louise : Ah, parce que c'est une langue romantique et j'adore la cuisine française.

Arthur : Moi aussi, j'adore !

Louise : À Taïwan, il y a aussi des restaurants français. Il y en a de plus en plus.

Arthur : Ah bon ? C'est comment ? C'est cher ?

Louise : Ça dépend. Mais certains sont très bons. Si tu veux, on pourra y aller ensemble un jour !

Arthur : D'accord !

Louise：你為什麼學習中文？

Arthur：因為我喜歡學習語言。妳呢？妳為什麼學習法文？

Louise：啊，因為這是一種很羅曼蒂克的語言，而且我超喜歡法國菜。

Arthur：我也超愛！

Louise：在臺灣也有法國餐廳，而且愈來愈多。

Arthur：真的？妳覺得如何？貴嗎？

Louise：看情況。但是某些法國餐廳的菜很好吃。如果你想去，有一天我們可以一起去！

Arthur：好啊！

· **L'expression de la cause**（**原因短語**）

Parce que 因為

如果問句是 pourquoi（為什麼），要用 parce que 回答。

> **請看對話中的句子：**
>
> Louise : Pourquoi tu apprends le chinois ?
> Arthur : Parce que j'aime apprendre des langues. Et toi ?
>   Pourquoi tu apprends le français ?
> Louise : Ah, parce que c'est une langue romantique...

例句：

Jade : Pourquoi elle ne mange pas ?
   她為什麼不吃？

Emma : Parce qu'elle n'a pas faim.
    因為她不餓。

- **Le pronom personnel COD (complément d'objet direct)（直接受詞補語人稱代名詞）**

En 代替前面提過的名詞

01 ≀ 10

> **請看對話中的句子：**
>
> Louise：À Taïwan, il y a aussi des restaurants français. Il y en a de plus en plus.
>
> （= À Taiwan, il y a aussi des restaurants français. Il y a de plus en plus de restaurants français. 為了不重複名詞，就用代名詞 en 取代 de restaurants（餐廳）。）

例句：

Le touriste : Bonjour Madame, est-ce qu'il y a une station de métro près d'ici ?
女士您好，請問這附近有沒有一個地鐵站？

Madame : Non, il n'y en a pas.
沒有，沒有地鐵站。
（= Non, il n'y a pas de station de métro. 為了不重複名詞，就用代名詞 en 取代 de station de métro（地鐵站）。）

• Le futur simple（簡單未來時）

動詞變化：不定式的動詞 + *-ai, -as, -a, -ons, -ez, -ont*

舉例：partir（離開）

Je partir<u>ai</u>	Nous partir<u>ons</u>
Tu partir<u>as</u>	Vous partir<u>ez</u>
Il (Elle) partir<u>a</u>	Ils (Elles) partir<u>ont</u>

用法：計畫未來要做的事情。

請看對話中的句子：

Louise : Ça dépend. Mais certains sont très bons. Si tu veux, on <u>pourra</u> y aller ensemble un jour !

例句：

- Quand nous <u>aurons</u> beaucoup d'argent, nous <u>achèterons</u> une maison.
當我們有很多錢時，我們將會買一棟房子。

- Il espère que son fils <u>trouvera</u> un travail intéressant.
他希望他的兒子找到一份有意思的工作。

・Le complément de lieu（地方補語）

Y 代替 aller à 或 être à ＋地方

> **請看對話中的句子：**
>
> **Louise :** À Taïwan, il y a aussi des restaurants français. Il y en a de plus en plus.
> **Arthur :** Ah bon ? C'est comment ? C'est cher ?
> **Louise :** Ça dépend. Mais certains sont très bons. Si tu veux, on pourra y aller ensemble un jour !

例句：

Gabriel : On va au cinéma ?
　　　　我們去看電影？

Chloé : D'accord, on y va. (= au cinéma)
　　　　好啊，我們去吧。

Célia : Paul est à New York depuis combien d'années ?
　　　　Paul 在紐約幾年了？

Roxane : Il y est depuis 3 ans. (= à New York)
　　　　他在那裡 3 年了。

Chansons francophones ♫

★ Satine - *Pourquoi*

★ Florent Pagny - *N'importe quoi*

★ Guillaume Grand - *Toi et moi*

Notes

Pourquoi vous apprenez le français ?

05 Influenceuse sur Instagram
在 IG 上的女網紅

Charlotte : Est-ce que tu as des frères et sœurs ?

Gabriel : Oui, on est cinq dans ma famille : mon père, ma mère, mon petit frère, ma petite sœur et moi. Et toi ?

Charlotte : On est quatre dans ma famille. Je n'ai qu'une sœur.

Gabriel : Et tes parents, qu'est-ce qu'ils font ?

Charlotte : Ma mère est infirmière et mon père est professeur.

Gabriel : Et ta sœur ?

Charlotte : Elle est étudiante.

Gabriel : Mon frère est aussi étudiant ! Et ma sœur est influenceuse. Elle est très populaire sur les réseaux sociaux !

Charlotte : Influenceuse ? Sur quel réseau social ?

Gabriel : Sur Instagram.

Charlotte : Elle a combien d'abonnés ?

Gabriel : Plus de dix mille.

Charlotte：你有兄弟姊妹嗎？

Gabriel：有的，我們家有五個人：我的父親、母親、小弟、小妹和我。妳呢？

Charlotte：我們家有四個人。我只有一個妹妹。

Gabriel：妳的父母親做什麼工作？

Charlotte：我的母親是護士，我的父親是教授。

Gabriel：妳的妹妹？

Charlotte：她是學生。

Gabriel：我的弟弟也是學生！我的妹妹是網紅，她在社群網站很受歡迎！

Charlotte：網紅？在哪個社群網站？

Gabriel：在 Instagram。

Charlotte：她擁有多少訂閱者？

Gabriel：超過一萬人。

· 分辨 être 或 avoir 之用法

請看對話中的句子：

Gabriel : Oui, <u>on est cinq</u> dans ma famille : mon père, ma mère, mon petit frère, ma petite sœur et moi. Et toi ?

Charlotte : <u>On est quatre</u> dans ma famille.

例句：

- <u>On est</u> cinq pour le dîner.
  我們有五位用晚餐。

- <u>Il y a</u> cinq personnes pour le dîner.
  有五位用晚餐。

　　這兩句的中文意思相同，「有五位用晚餐。」如果選擇 être，主詞則使用 on（我們）。但是如果句中有 personne（人），則要選擇 avoir，主詞用非人稱，就成為 Il y a（有）。

- Ne ... que (= seulement)　只有

> **請看對話中的句子：**
>
> Charlotte : Je n'ai qu'une sœur.

例句：

- Je n'ai que 150 NT sur moi.
  我身上只有臺幣 150 元。

- Son fils est difficile, il ne mange que de la viande.
  他的兒子挑食，只吃肉。

- L'expression de la comparaison（比較級短語）

Plus de + nombre（數目）　較多、更多

> **請看對話中的句子：**
>
> Gabriel : Plus de dix mille.

例句：

Valentine : Dans cet avion, il y a deux cents passagers ?
　　　　　 在這架飛機裡有兩百位乘客嗎？

Jules : Non, plus de deux cents.
　　　 不，超過兩百位。

Chansons francophones ♫

★ Natasha St-Pier - *Je n'ai que mon âme*

★ Florent Pagny - *Combien de gens*

★ Bénabar - *Le dîner*

Notes

~~~~~~

~~~~~~

~~~~~~

~~~~~~

~~~~~~

~~~~~~

~~~~~~

~~~~~~

~~~~~~

~~~~~~

~~~~~~

~~~~~~

~~~~~~

~~~~~~

Vous connaissez des influenceurs ?

~~~~~~

06 Tu aimes faire quoi ?
你喜歡做什麼？

Aline : Qu'est-ce que tu aimes faire quand tu es libre ?

Timothée : J'adore aller au cinéma. Et toi ?

Aline : Moi, j'aime lire, regarder des séries sur Netflix et faire du sport.

Timothée : Tu aimes quel genre de livre ?

Aline : Je suis passionnée par les romans. Je trouve que c'est très intéressant.

Timothée : Et tu fais quel sport ?

Aline : Je fais des sports extrêmes comme le skateboard ou l'escalade en falaise.

Timothée : C'est stimulant, mais trop dangereux !

Aline : Oui, c'est vrai. Il faut faire attention ! Et toi, tu fais du sport ?

Timothée : Non, pas beaucoup. Je fais seulement un peu de vélo. À Taipei, il y a des YouBike. C'est comme les Vélib' à Paris !

Aline： 你有空時喜歡做什麼？

Timothée： 我超喜歡去看電影。妳呢？

Aline： 我喜歡閱讀、看 Netflix 的影集及做運動。

Timothée： 妳喜歡看哪一類的書？

Aline： 我熱愛看小說。我覺得非常有意思。

Timothée： 妳做哪一種運動？

Aline： 我做極限運動如滑板或懸崖攀岩。

Timothée： 這很刺激，但是太危險了！

Aline： 對，確實是太危險了。必須要小心！那你呢，你做運動嗎？

Timothée： 不，我做得不多。我只有騎一下腳踏車。在臺北有 YouBike。就像是巴黎的 Vélib'！

（註：YouBike微笑單車；Vélib' = Vélo libre自由單車）

2 Grammaire | 文法解析

・**Les constructions impersonnelles（非人稱結構）**

主詞：以第三人稱單數的 il 作為主詞，而非 elle。

意思：在此舉出兩種

- 表達應該　　Il faut ＋ verbe à l'infinitif

　　　　　　　Il faut ＋ que

- 表達天氣　　Il pleut. 下雨。

　　　　　　　Il fait chaud. 天氣熱。

> **請看對話中的句子：**
>
> Aline : Oui, c'est vrai. Il faut faire attention ! Et toi, tu fais
> 　　　　du sport ?

例句：

- Il faut partir tout de suite.
  應該馬上離開。

- Il faut que je m'en aille.
  我應該離開。

- Il pleut depuis 3 jours.
  下雨下了 3 天了。

Chansons francophones ♫

★ Claude Nougaro - *Le cinéma*

★ Hervé Cristiani - *Il est libre Max*

★ Grégoire - *J'adore*

07 Ça sent bon ?
味道聞起來香嗎？

Gaëlle : Est-ce que la nourriture taïwanaise te plaît ?

Baptiste : Oui, bien sûr ! C'est super bon !

Gaëlle : Qu'est-ce que tu préfères dans la nourriture taïwanaise ?

Baptiste : Je préfère le Gua Bao et le Lu Rou Fan.

Gaëlle : Oh, c'est vrai ? Tu vis comme un Taïwanais ! Tu aimes le tofu puant ?

Baptiste : Euh, j'en ai mangé une fois et je n'ai pas trop apprécié.

Gaëlle : Ah bon ? Comment était le goût ?

Baptiste : Le goût était un peu bizarre pour moi.

Gaëlle : Et est-ce que tu as déjà bu du bubble tea ?

Baptiste : Oh, oui ! J'adore cette boisson ! C'est tellement bon ! En France, il y en a aussi, mais c'est plutôt cher.

Gaëlle： 你喜歡吃臺灣菜嗎？

Baptiste： 當然喜歡！太好吃了！

Gaëlle： 你比較喜歡吃什麼臺灣菜？

Baptiste： 我比較喜歡吃刈包和滷肉飯。

Gaëlle： 喔，真的？你生活得像個臺灣人！你喜歡吃臭豆腐嗎？

Baptiste： 嗯，我吃過一次，然而我不是很欣賞。

Gaëlle： 真的？你覺得味道如何？

Baptiste： 味道對我來說有點奇怪。

Gaëlle： 那你喝過珍珠奶茶嗎？

Baptiste： 喝過！我超喜歡這種飲料！實在很好喝！在法國也有珍
珠奶茶，但是有點貴。

· Le passé composé（複合過去時）

動詞變化：助動詞（auxiliaire：avoir 或 être）＋過去分詞

（participe passé）

舉例：aimer（愛）　　　　　sortir（出門）

J'ai aimé	Je suis sorti / Je suis sortie
Tu as aimé	Tu es sorti / Tu es sortie
Il (Elle) a aimé	Il est sorti / Elle est sortie
Nous avons aimé	Nous sommes sortis / Nous sommes sorties
Vous avez aimé	Vous êtes sortis / Vous êtes sorties
Ils (Elles) ont aimé	Ils sont sortis / Elles sont sorties

★注意：在複合過去時，動詞與助動詞 être 連用時，要特別注意過去分詞的變化，一定要與主詞陰陽性單複數配合。

用法：說明過去發生的事情，而且此事也結束了。

請看對話中的句子：

Baptiste : Euh, j'en <u>ai</u> <u>mangé</u> une fois et je n'ai pas trop apprécié.

Gaëlle : Et est-ce que tu <u>as</u> déjà <u>bu</u> du bubble tea ?

例句：

- J'ai mangé.
  我吃過了。

- Elle est partie.
  她離開了。

· 副詞 (assez, beaucoup, bien, déjà, trop) 在複合過去時的位置

位置：助動詞＋副詞＋過去分詞

> **請看對話中的句子：**
>
> **Baptiste :** Euh, j'en ai mangé une fois et je n'ai pas trop apprécié.
> **Gaëlle :** Et est-ce que tu as déjà bu du bubble tea ?

例句：

- Nous avons assez mangé.
  我們吃夠了。

- Elles n'ont pas beaucoup mangé.
  她們沒有吃很多。

- Vous avez bien mangé ?
  你們（妳們）吃得很好嗎？

- J'ai déjà mangé.
  我已經吃過了。

- Ils ont trop mangé.
  他們吃了太多了。

· L'imparfait（過去未完成時）

動詞變化：將動詞變化成直陳式現在時的第一人稱複數，之後
　　　　　將詞尾 -ons 刪除，再加上 *-ais, -ais, -ait, -ions, -iez,*
　　　　　-aient。

舉例：aimer → Nous aimons（直陳式現在時的第一人稱複數）

J'aimais	Nous aimions
Tu aimais	Vous aimiez
Il (Elle) aimait	Ils (Elles) aimaient

用法：敘述過去正在進行的事件、描述事情當時的狀況或描寫
　　　當時的人、物、景等。

請看對話中的句子：

Gaëlle： Ah bon ? Comment était le goût ?（描寫臭豆腐
　　　　　的味道。）

Baptiste：Le goût était un peu bizarre pour moi.（解說如
　　　　　上）

· Le pronom personnel COD

En 在複合過去時的位置

位置：En ＋助動詞＋過去分詞

> **請看對話中的句子：**
>
> Gaëlle : ...Tu aimes le tofu puant ?
>
> **Baptiste :** Euh, j'en ai mangé une fois et je n'ai pas trop
> apprécié.
>
> （= J'ai mangé du tofu puant une fois et je n'ai pas trop
> apprécié. 為了不重複名詞，就用代名詞 en 取代 du tofu puant
> （臭豆腐）。）

例句：

Arthur : Vous mangez du bœuf ?
  您吃牛肉嗎？

Héloïse : Non, je n'en mange pas.
  不，我不吃。
（= Je ne mange pas de bœuf. 為了不重複名詞，就用代
名詞 en 取代 de bœuf（牛肉）。）

Chansons francophones ♫

★ Raphaël - *Ne partons pas fâchés*

★ Manuela Patouma - *Tu vis*

★ Claude François - *Comme d'habitude*

Notes

Quel est votre plat français préféré ?

08 Tu fais la cuisine ?
你做菜嗎？

---

1 Dialogue | 對話 ▶ MP3-08

Thibault : Entre ! Fais comme chez toi. Tu bois quelque chose ?

Anaïs : Non, merci. C'est sympa de m'avoir invitée chez toi !

Thibault : J'ai remarqué que les Taïwanais mangent très souvent au restaurant. Ce n'est pas trop cher ?

Anaïs : Ça dépend des restaurants. Mais en général, quand on invite des amis, on préfère aller au restaurant. Et en France, ça se passe comment ?

Thibault : En France, on préfère inviter des amis chez soi.

Anaïs : Ah bon ? Et pourquoi ?

Thibault : Parce que manger à la maison, c'est moins cher et plus convivial, donc on préfère faire à manger nous-mêmes.

Anaïs : Au fait, comment tu as appris à faire la cuisine ?

Thibault : C'est ma mère qui m'a appris quand j'étais plus jeune.

Anaïs : Tu sais, il y a de plus en plus de Taïwanais qui souhaitent devenir cuisinier, pâtissier ou boulanger.

Thibault : Ah, je ne le savais pas. Ce sont des métiers très appréciés des Français ! Allez, passons à table.

Thibault : 請進！將這裡當成自己的家吧。妳喝點東西嗎？

Anaïs : 不，謝謝。你邀請我來你家真的很親切！

Thibault : 我發覺到臺灣人很常在餐廳吃飯。這不會太貴嗎？

Anaïs : 看什麼樣的餐廳。但是，一般而言，我們比較喜歡請朋友去餐廳吃飯。在法國會怎麼做呢？

Thibault : 在法國，我們比較喜歡請朋友來家裡。

Anaïs : 真的？那為什麼？

Thibault : 因為在家吃飯比較不貴，而且比較有眾人同樂的氛圍，所以我們比較喜歡在家裡自己做菜。

Anaïs : 說到做菜，你怎麼學會的？

Thibault : 在我比較年輕的時候我媽媽教我做的。

Anaïs : 你知道，有愈來愈多的臺灣人想成為廚師、糕點師或麵包師。

Thibault : 啊，我不知道這件事。這些都是法國人很欣賞的職業！來吧，我們上桌吃飯吧！

2 Grammaire | 文法解析

· L'impératif（命令語式）

動詞變化：這個語式沒有主詞

只有三個人稱的動詞變化：Tu（你）、Nous（我們）、Vous（你們）。

舉例：Chanter（唱歌）

肯定句	否定句
Chante！	Ne chante pas！
Chantons！	Ne chantons pas！
Chantez！	Ne chantez pas！

★注意：以 er 結尾的第一組動詞，在命令語式的第二人稱單數的動詞變化要省略 -s-。

用法：1）以有禮貌的口吻懇請別人做某事

2）以命令的口氣叫別人不要做某事

請看對話中的句子：

Thibault : Entre！Fais comme chez toi.

（受邀到法國人家裡作客時，會聽到的這句話，但這可不是客套話，而是他們希望客人不要太拘束，能輕鬆地享受這個聚餐。）

例句：

- Entrez！Asseyez-vous!
  請進！請坐！

- Il est tard, ne <u>regarde</u> pas la télévision !
  時間晚了，你不要看電視！

・L'infinitif passé（不定式過去時）

動詞變化：助動詞（auxiliaire : avoir 或 être）＋過去分詞

（participe passé）

舉例：

原形動詞	不定式過去時
offrir（贈送）	avoir offert
venir（來）	être venu être venue être venus être venues

★注意：動詞與助動詞 être 連用時，要特別注意過去分詞的變化，一定要與主詞配合。

請看對話中的句子：

Anaïs : ... C'est sympa de m'<u>avoir</u> <u>invitée</u> chez toi !

例句：

- C'est très gentil d'<u>être venu</u>.
  你來了真是太好了。

- Nous sommes très contents d'<u>avoir fini</u> ce rapport à la date prévue.
  我們很高興照原定的日期完成這個報告。

· L'expression de la comparaison（比較級短語）

De plus en plus + de (d') + nom　　愈來愈多

如果後面要接名詞，則要多加一個介系詞 de 或 d'。

> **請看對話中的句子：**
>
> Anaïs : Tu sais, il y a de plus en plus de Taïwanais qui
> souhaitent devenir cuisinier, pâtissier ou boulanger.

例句：

- De plus en plus de Taïwanais aiment voyager à
  l'étranger.
  愈來愈多的臺灣人喜歡去國外旅行。

- Il y a de plus en plus de voitures électriques dans
  cette ville.
  在這個城市裡有愈來愈多的電動車。

· Le pronom personnel neutre（中性人稱代名詞）

Le 非代替陽性的名詞，而是代替一整件事情。

> **請看對話中的句子：**
>
> Anaïs : Tu sais, il y a de plus en plus de Taïwanais qui
> souhaitent devenir cuisinier, pâtissier ou boulanger.

Thibault : Ah, je ne le savais pas. Ce sont des métiers très appréciés des Français ! ...

（Je ne le savais pas. = Ah, je ne savais pas qu'il y avait de plus en plus de Taïwanais qui souhaitaient devenir cuisinier, pâtissier ou boulanger.）

例句：

Lucas : David va se marier la semaine prochaine.
David 下週將要結婚。

Clémence : Ah bon ?! Je ne le savais pas.
真的？！我不知道這件事情。
（Je ne le savais pas. = Je ne savais pas que David allait se marier.）

Chansons francophones 🎵

★ Etienne Daho - *L'invitation*

★ Christophe Willem - *Double je*

★ Clara Luciani - *Respire encore*

09 Ça te dirait ?
妳想去嗎？

Lisa : Est-ce que tu as des amis taïwanais ?

Clément : Non, pas encore. Je n'ai que des amis étrangers.

Lisa : Ils viennent d'où ?

Clément : Certains sont français, d'autres sont américains ou australiens. À ton avis, comment est-ce que je peux me faire des amis à Taïwan ?

Lisa : Euh, tu peux aller au bar, en boîte ou rencontrer des gens sur Internet. Tu peux aussi participer à des événements.

Clément : Des événements ? C'est-à-dire ?

Lisa : Par exemple, tu peux participer à un café-langues. Là-bas, tu peux rencontrer des gens des quatre coins du monde.

Clément : Vraiment ? Oh, c'est génial ! Ça te dirait d'aller au bar avec moi un de ces jours ?

Lisa : Euh... Pourquoi pas !

Lisa： 你有臺灣朋友嗎？

Clément： 沒有，還沒有。我只有外國朋友。

Lisa： 他們從什麼地方來的？

Clément： 有些是法國人，另外一些是美國人或澳洲人。依妳的看法，我在臺灣怎麼樣可以交到朋友？

Lisa： 嗯，你可以去酒吧、夜店或在網上交友。你也能夠參與一些活動。

Clément： 活動？妳的意思是？

Lisa： 例如，你能夠參與語言咖啡館（在咖啡館裡做語言交換）。在那裡你能碰到世界各地的人。

Clément： 真的？喔！太棒了！改天妳想跟我去酒吧嗎？

Lisa： 嗯……何嘗不可！

- **Les pronoms indéfinis（不定代名詞）**

Certains (certaines)···d'autres　　有些……，另外一些

> 請看對話中的句子：
>
> **Clément :** Certains sont français, d'autres sont américains
> ou australiens...

例句：

- Certains aiment le vin rouge, d'autres le vin blanc.
  有些人喜歡喝紅酒，另外一些人喜歡喝白酒。

- Parmi ces cerises, certaines viennent des États-Unis,
  d'autres de France.
  在這些櫻桃中，有些來自於美國，另外一些來自於法國。

- **如何表達「下次再見面」的說法**

> 請看對話中的句子：
>
> **Clément :** Vraiment ? Oh, c'est génial ! Ça te dirait d'aller
> au bar avec moi un de ces jours ?

例句：

- À la prochaine fois !
- À la prochaine ! (口語)
  下次見！

- À bientôt !
- À un de ces jours !
- À un de ces quatre !
  改天見！

- À demain !
  明天見！

- À mardi !
  星期二見！

★注意：是否加介系詞？

Manon : On se verra demain ? (demain 前面不加介系詞)
　　　　我們明天見嗎？

Benoît : Oui, à demain. (demain 前面要加介系詞。離開
　　　　 前，彼此互道再見就要用到介系詞 à)
　　　　 好的，明天見。

Chansons francophones ♫

★ Hélène Ségara - *Tu peux tout emporter*

★ Jean-Jacques Goldman - *Là-bas*

★ Chimène Badi - *Je viens du Sud*

Notes

Ça vous dirait d'aller à un café-langues ?

10 Quoi de neuf ?
你最近怎麼樣？

---

1 Dialogue | 對話　　　　　　　　　　▶ MP3-10

Noémie : Salut, quoi de neuf ?

Arnaud : Rien de spécial. Ah, si ! Je suis allé au parc de Da'an. En ce moment, il y a un festival de musique.

Noémie : Oh, ça m'intéresse aussi. On peut y aller ensemble un de ces quatre. Au fait, j'ai rencontré John au café-langues la semaine dernière. Il est américain. Ah, le voilà !

John : Salut !

Noémie : Je te présente John, mon ami américain.

John : Enchanté !

Arnaud : Enchanté. Arnaud.

John : John.

Noémie : Ça fait longtemps ! Quoi de neuf, depuis le temps ?

John : Oh, je suis très occupé en ce moment.

Arnaud : Ça te dirait d'aller au festival de musique avec nous ?

John : Avec plaisir ! Quand ?

Arnaud : Demain après-midi, ça te va ?

John : Pas de problème ! On s'appellera. Salut !

Noémie : À demain tout le monde !

Arnaud : Salut !

Noémie：你好，你最近怎麼樣？

Arnaud：沒什麼特別的事！啊，有！我去了大安公園。目前在那裡有個音樂節。

Noémie：喔，我對這個也感興趣。改天我們可以一起去。順便提一下，上週我在語言咖啡館碰到了 John。他是美國人。啊，他來了！

John：嗨！妳好！

Noémie：我跟你介紹 John，我的美國朋友。

John：幸會！

Arnaud：幸會！我叫 Arnaud。

John：我叫 John。

Noémie：好久不見了！自從上次看到你到現在，你最近怎麼樣？

John：喔，我目前非常地忙碌。

Arnaud：你想不想要跟我們去參加音樂節？

John：非常樂意！什麼時候？

Arnaud：明天下午，你方便嗎？

John：沒問題！我們再通電話吧。再見！

Noémie：大家明天見喔！

Arnaud：再見！

‧ Le pronom indéfini（不定代名詞）

Rien + de (d') + adjectif masculin（陽性形容詞）

> **請看對話中的句子：**
>
> **Noémie :** Salut, quoi de neuf ?
> **Arnaud :** Rien de spécial.
> （如果你很久沒有見到你的朋友，一但見面了，你就可以跟對方說 quoi de neuf ?，如果對方沒有特別的事要告訴你，此時就會回答 rien de spécial.）

例句：

- Il n'y a rien d'intéressant dans le programme des films cette semaine.
  這週在電影節目中沒有什麼有意思的電影。

- Nous n'avons rien de prévu ce soir.
  我們今晚沒有安排什麼事情。

· 人稱代名詞的位置

位置：第一個動詞＋ y ＋第二個動詞

Y 應該置於跟它最有相關的動詞之前

> **請看對話中的句子：**
>
> **Noémie :** Oh, ça m'intéresse aussi. On <u>peut</u> y <u>aller</u> ensemble un de ces quatre.

例句：

Noah : Vous voulez aller en France avec moi cet été ?
今年夏天你們想跟我去法國嗎？

Sarah : Oui, j'<u>aimerais</u> y <u>aller</u> avec toi. (aller en France, y = en France)
想，我想跟你去。

Mathilde : Je suis désolée, je ne <u>peux</u> pas y <u>aller</u> avec vous car je dois préparer mon mémoire de master.
我很抱歉，我不能跟你們去，因為我得準備我的碩士論文。

Chansons francophones ♫

★ Claire Laffut - *Vérité*

★ Florent Mothe - *Quoi de neuf*

★ Francis Cabrel - *Presque rien*

11~20

人工智慧

11 Tu fais du sport ?
你做運動嗎？

Léa :　　　　　Tu fais régulièrement du sport ?

Guillaume : Oui, au moins deux fois par semaine. Ça me fait du bien.

Léa :　　　　　Tu en fais où ?

Guillaume : Je vais à la salle de sport pas loin de chez moi.

Léa :　　　　　Pourquoi tu vas là-bas ?

Guillaume : Ben... ça me permet d'être en bonne santé.

Léa :　　　　　Qu'est-ce que tu fais comme entraînement ?

Guillaume : Je fais des abdos, des soulevés de terre, du développé couché, ...

Léa :　　　　　C'est pour entraîner tes muscles ?

Guillaume : Oui, plus j'en fais, plus mes muscles se renforcent.

Léa :　　　　　C'est une sorte de défi à soi-même ?

Guillaume : C'est exactement ça. Et puis, on peut rencontrer des gens à la salle de sport. Tu devrais venir voir avec moi la prochaine fois !

Léa :　　　　　Merci, c'est gentil, mais ça ne me tente pas trop, désolée.

Léa : 你有規律地做運動嗎？

Guillaume : 有啊，一週至少兩次。我覺得很舒服。

Léa : 你在哪裡做運動？

Guillaume : 我去健身房，離我家不遠。

Léa : 為什麼你去那裡？

Guillaume : 嗯，讓我有健康的身體。

Léa : 你做什麼運動鍛鍊身體？

Guillaume : 我做腹肌、舉重、仰臥推舉運動等。

Léa : 這是為了訓練你的肌肉嗎？

Guillaume : 是的，我做的越多我的肌肉就越結實。

Léa : 這是一種自我的挑戰嗎？

Guillaume : 完全正確。還有我們在健身房可以碰到一些人。下一次
妳應該跟我來看看！

Léa : 謝謝你的好意。但是這不太吸引我，很抱歉。

· **Le pronom personnel COD**

En 代替前面提過的名詞

> **請看對話中的句子：**
>
> Léa : Tu fais régulièrement du sport ?
> Léa : Tu en fais où ?
> （= Tu fais du sport où ? en 代替的是 du sport。）

例句：

Tom : Elle fait de la natation trois fois par semaine.
Et vous ?
她每週游泳游三次。你們呢？

Diane : Moi, j'en fais tous les matins.
我每天早上都游泳。

Alicia : Moi, je n'en ai jamais fait car j'ai peur de l'eau.
我從來沒有游過泳因為我怕水。

· L'expression de la comparaison（比較級短語）

Plus...plus...　愈……愈……

> **請看對話中的句子：**
>
> Guillaume : Oui, plus j'en fais, plus mes muscles se
> renforcent.

例句：

- Plus je pratique le français avec des natifs, plus je le
  parle couramment.
  我愈是跟法語母語人士練習法語，我就說得愈流利。

- Plus les vacances d'été approchent, plus les étudiants
  sont contents.
  暑假的腳步愈近，學生們就愈開心。

‧ Devoir（應該）: 直陳式與條件式之用法

Tu dois（直陳式現在時）你（妳）應該

以直接的語氣，要求對方應該要做某事。

Tu devrais（條件式現在時）你（妳）應該

以委婉好意的語氣，勸對方要做某事。

> **請看對話中的句子：**
>
> Guillaume : C'est exactement ça. Et puis, on peut rencontrer des gens à la salle de sport. Tu <u>devrais</u> venir voir avec moi la prochaine fois !

例句：

- C'est bientôt l'examen final, tu <u>dois</u> travailler davantage.

  快要期末考試了，你（妳）應該更努力。

  （以直接的語氣跟對方說必須要努力準備期末考試。）

- Tu fumes trop ! Tu <u>devrais</u> moins fumer, c'est mieux pour ta santé !

  你（妳）抽太多菸了！你（妳）應該少抽一點，對你（妳）身體比較好！

  （以委婉好意的語氣勸對方不要抽太多菸。）

Chansons francophones ♫

★ Emmanuel Moire - *Ça me fait du bien*

★ Indochine - *Trois nuits par semaine*

★ Marie Mai - *La prochaine fois*

12 On est perdus ?
我們迷路了嗎？

1 Dialogue | 對話 ▶ MP3-12

Bérénice : On va au festival ?

Nathan : Ok ! On y va comment ?

Valentin : On peut y aller à pied. Ce n'est pas loin.

** quelques minutes plus tard... **

Bérénice : Ben alors ? On est perdus ?

Valentin : Attends, je regarde sur mon téléphone. Apparemment, c'est tout droit, ensuite on tourne à gauche et on y est.

** quelques minutes plus tard... **

Valentin : Ça y est, on est arrivés !

Nathan : Wow, il y a beaucoup de monde !

Bérénice : Oui, c'est vrai. Regardez, il y a des places là-bas !

Valentin : Allons-y !

Bérénice： 我們去參加音樂節嗎？

Nathan： Ok！我們怎麼去那裡？

Valentin： 我們可以走路去。不遠。

（幾分鐘之後……）

Bérénice： 在哪裡啊？我們迷路了嗎？

Valentin： 等一下，我看看我的手機。看來是直走，然後左轉，就
到了。

（幾分鐘之後……）

Valentin： 好了，我們到了！

Nathan： 哇，好多人喔！

Bérénice： 是啊，真的好多人。你們看，那邊有位子！

Valentin： 我們去那邊吧！

‧ Ｙ：在直陳式或命令式之位置

直陳式：y 置於動詞之前

命令式：y 置於動詞之後

請看對話中的句子：

Nathan： Ok！On y va comment ?

Valentin： On peut y aller à pied. Ce n'est pas loin.

Valentin： Attends, je regarde sur mon téléphone.
Apparemment, c'est tout droit, ensuite on
tourne à gauche et on y est.

Valentin： Allons-y !

例句：

Marius： On va au café ? / à la piscine ? / à l'opéra ? /
chez elle ?
我們去咖啡館？/ 游泳池？/ 歌劇院？/ 去她家？

Olivia： Oui, on y va.
好，我們走吧。（直陳式：y 置於動詞之前。）

Oui, Allons-y !
好，走吧！（命令式：y 置於動詞之後。）

Chansons francophones ♫

★ BB Brunes - *Perdus cette nuit*

★ Tryo - *Ça y est, c'est fait*

★ Frédéric François - *Apparemment*

13 Que penses-tu du groupe de jazz ?

你（妳）覺得那個爵士樂團如何？

1 Dialogue | 對話 ▶ MP3-13

Valentin : Alors, c'était bien ? Ça vous a plu ?

Nathan : Oui, c'était super !

Bérénice : Ça m'a beaucoup plu aussi.

Nathan : Qu'est-ce que vous pensez du groupe de jazz ?

Bérénice : Ils ont très bien joué ! Et la chanteuse avait une belle voix.

Valentin : Oui, je trouve aussi. Son chapeau était marrant !

Nathan : Par contre, je n'ai pas trop aimé le deuxième groupe.

Bérénice : Lequel ?

Nathan : Celui qui faisait du break-dance.

Valentin : Ah, oui, celui-là. Moi non plus, je n'ai pas beaucoup aimé.

Valentin：怎麼樣，音樂節好嗎？你們喜歡嗎？

Nathan：喜歡，非常棒！

Bérénice：我也很喜歡。

Nathan：你們覺得那個爵士樂團如何？

Bérénice：他們演奏得很好！女歌手有一副漂亮的嗓子。

Valentin：是啊，我也覺得。她的帽子很好玩！

Nathan：相反地，我不太喜歡第二個團體。

Bérénice：哪一個？

Nathan：跳霹靂舞的那一團。

Valentin：啊，是啊，是那一團。我也不是很喜歡。

· L'imparfait（過去未完成時）

用法：敘述過去正在進行的事件、描述事情當時的狀況或描寫
人、物、景等。

> **請看對話中的句子：**
>
> Valentin : Alors, c'était bien ?（描述事情當時的狀況）
>
> Nathan :　Oui, c'était super !（描述事情當時的狀況）
>
> Bérénice : ...la chanteuse avait une belle voix. ...（描寫歌手
> 的歌聲）
>
> Valentin : ...Son chapeau était marrant !（描寫歌手的帽子）
>
> Nathan :　Celui qui faisait du break-dance.（敘述過去正在
> 進行的事件）

· Les pronoms interrogatifs（疑問代名詞）

Lequel / Lesquels（陽性單複數） 哪個、哪些

Laquelle / Lesquelles（陰性單複數） 哪個、哪些

請看對話中的句子：

Nathan : Par contre, je n'ai pas trop aimé le deuxième groupe.

Bérénice : Lequel ?

例句：

Lucie : Parmi ces deux smartphones, je vais prendre lequel ?
在這兩支智慧型手機中，我要拿哪一支？

Ethan : Prends celui qui te plaît le plus.
拿妳最喜歡的那一支。

· Les pronoms démonstratifs（指示代名詞）

Celui-ci / Celui-là（陽性單數）　這個、那個

Celle-ci / Celle-là（陰性單數）　這個、那個

Ceux-ci / Ceux-là（陽性複數）　這些、那些

Celles-ci / Celles-là（陰性複數）　這些、那些

請看對話中的句子：

Nathan : Celui qui faisait du break-dance.

Valentin : Ah, oui, celui-là. Moi non plus, je n'ai pas beaucoup aimé.

例句：

Le mari : Voici deux menus, tu prends celui-ci ou celui-là ?
這裡有兩種套餐，妳點這一種或那一種？

La femme : Ça m'est égal, tu peux décider pour moi.
我無所謂，你可以幫我決定。

Chansons francophones ♫

★ Arcadian - *Folie arcadienne*

★ Louane - *Secret*

★ Angèle - *Oui ou non*

14 J'ai faim.
我餓了。

Damien :　Vous voulez aller manger quelque chose ensemble ?

Clémence : Bonne idée ! J'ai faim.

Hugo :　Moi aussi ! Je connais deux bons restaurants qui ne sont pas loin.

Damien :　C'est quoi comme restaurants ?

Hugo :　Italien et japonais. Vous préférez lequel ?

Clémence : Italien ! Ça fait longtemps que je n'ai pas mangé de pizza. Ça me manque un peu !

Hugo :　Alors, on va au restaurant italien.

Clémence : Tout le monde est d'accord ? On y va !

Damien： 你們想不想一起去吃點東西？

Clémence： 好主意！我餓了。

Hugo： 我也餓了！我知道兩家好吃而且不遠的餐廳。

Damien： 是什麼樣的餐廳？

Hugo： 義大利和日本餐廳。你們比較喜歡哪一種？

Clémence： 義大利餐廳！我很久沒吃披薩，有點想念！

Hugo： 那麼我們就去義大利餐廳。

Clémence： 大家都同意嗎？我們去吧！

- **選擇 avoir 而不可以選擇 être**

  請看對話標題：

  J'ai faim.

  請看對話中的句子：

  Clémence : Bonne idée ! J'ai faim.

例句：

- J'ai faim.
  我餓了。

- Tu as soif ?
  你（妳）口渴嗎？

- Il a chaud.
  他很熱。

- Elle n'a pas froid.
  她不冷。

- Vous avez sommeil ?
  你們（妳們）睏了嗎？

- Nous n'avons pas peur.
  我們不怕。

- Tu as raison.
  你（妳）有道理。

- Ils ont tort.
  他們錯了。

- Elles ont 18 ans ?
  她們 18 歲嗎？

· Le pronom relatif（關係代名詞）

Qui 作為主詞，之後接動詞。

請看對話中的句子：

Hugo : ...Je connais deux bons restaurants qui ne sont pas
loin.

例句：

- Regardez ces éoliennes qui sont installées sur ces
  collines.
  你們看看安裝在這些山丘上的風力發電機（風電）！

- Mes amis m'ont offert une montre qui me plaît
  beaucoup.
  我的朋友們送了我一支手錶，我非常喜歡。

Chansons francophones ♫

★ Éric Lapointe - *Ça me manque*

★ Patrick Bruel - *Alors regarde*

★ Johnny Hallyday - *Celui que tu préfères*

Notes

Vous connaissez un restaurant français à Taïwan ?

15 Tu connais le Japon ?
你認識日本嗎？

1 Dialogue | 對話
▶ MP3-15

Solène : Qu'est-ce que tu vas faire pendant les vacances ?

Quentin : Je vais voyager.

Solène : Ah bon ? Tu vas où ?

Quentin : Au Japon !

Solène : C'est la première fois que tu y vas ?

Quentin : Non, j'y suis déjà allé trois fois. Et toi, tu connais le Japon ?

Solène : J'ai juste vu des vidéos, mais je n'y suis jamais allée. Tu vas rester combien de temps là-bas ?

Quentin : Je vais partir en voyage organisé. On va y rester une semaine.

Solène : C'était cher, le billet d'avion ?

Quentin : Oui, j'ai payé mille euros. Ça fait plus de trente mille dollars taïwanais.

Solène : Avec qui tu vas voyager ?

Quentin : Avec deux amis.

Solène : Qu'est-ce que vous allez voir au Japon ?

Quentin : On va aller voir des temples, la montagne et on va même prendre un bain aux sources chaudes ! Et, bien sûr, on va manger de la bonne cuisine japonaise.

Solène : Est-ce que vous allez voir des combats de sumo ?

Quentin : Non, mais on va assister à une cérémonie du thé ! J'ai hâte.

Solène : 假期時你要做什麼？

Quentin : 我要去旅行。

Solène : 真的？你要去哪裡？

Quentin : 去日本！

Solène : 你第一次去嗎？

Quentin : 不，我已經去過三次。妳認識日本嗎？

Solène : 我只看過影片，但是我從來沒去過。你將在那裡待多久？

Quentin : 我要跟旅行團去。我們將停留一週。

Solène : 飛機票貴嗎？

Quentin : 貴，我付了一千歐元。相當三萬多元臺幣。

Solène : 你將跟誰去旅行？

Quentin : 跟兩個朋友。

Solène : 你們在日本將看什麼？

Quentin : 我們將去看寺廟、高山，我們甚至想泡個溫泉！我們當然會吃好吃的日本料理。

Solène : 你們會去看相撲比賽嗎？

Quentin : 不會去看，不過我們會去參加一項茶道儀式！我等不及要去日本喔。

・Le futur proche（近未來時）

動詞變化：Aller（semi-auxiliaire 半助動詞）＋ verbe à l'infinitif
（不定式動詞）

舉例：manger（吃）

Je vais manger	Nous allons manger
Tu vas manger	Vous allez manger
Il (Elle) va manger	Ils (Elles) vont manger

用法：馬上發生、即將要做的事情或未來的計劃。

請看對話中的句子：

Solène： Qu'est-ce que tu vas faire pendant les vacances ?

Quentin： Je vais voyager.

Solène： ...Tu vas rester combien de temps là-bas ?

Quentin： Je vais partir en voyage organisé. On va y rester
une semaine.

Solène： Qu'est-ce que vous allez voir au Japon ?

Quentin： On va aller voir des temples, la montagne et on
va même prendre un bain aux sources chaudes
! Et, bien sûr, on va manger de la bonne cuisine
japonaise.

Solène： Est-ce que vous allez voir des combats de sumo ?

Quentin： Non, mais on va assister à une cérémonie du
thé ! J'ai hâte.

例句：

- Dépêchons-nous, le métro <u>va</u> <u>arriver</u>.
  我們趕快吧，捷運快到了。（馬上發生的事情）

- Qu'est-ce que vous <u>allez</u> <u>faire</u> ce week-end ?
  這個週末你們（妳們）要做什麼 ？（即將要做的事情）

- Cet été, ma sœur et moi <u>allons</u> <u>faire</u> le tour du monde.
  今年夏天，我與妹妹將要去環遊世界。（未來的計劃）

· Préposition（介系詞）＋ qui（關係代名詞）

Qui 之前可接任何介系詞，此用法與動詞結構有關係。

> **請看對話中的句子：**
>
> **Solène :** <u>Avec</u> <u>qui</u> tu vas voyager ?（voyager avec qqn 跟某人旅行）

例句 :

- <u>À</u> <u>qui</u> tu penses ? (penser à qqn 想念某人)
  你（妳）想念誰 ？

- <u>De</u> <u>qui</u> vous parlez ? (parler de qqn 談到某人)
  你們（妳們）正談到誰 ？

- <u>Pour qui</u> nous allons voter ? (voter pour qqn 投票給某人)
  我們要投票給誰？

Chansons francophones

★ Louane - *Je vole*

★ Tim Dup - *Où tu vas ?*

★ Hélène Ségara - *Bohémienne*

Notes

Vous êtes déjà allée(s) au Japon ?

16 C'est quoi, un apéro ?
什麼是開胃酒？

Maxence : Qui veut venir prendre l'apéro chez moi aujourd'hui ?

Jules : Moi, je suis partant !

Pauline : C'est quoi, un apéro ?

Maxence : C'est un petit repas avant le dîner. À l'apéro, il y a de l'alcool et parfois des biscuits, de la charcuterie ou du fromage.

Pauline : Mais on n'aura plus faim pour le dîner, si ?

Maxence : Si, justement ! L'apéro, c'est pour ouvrir l'appétit. C'est-à-dire, nous donner faim.

Pauline : Ah, ça me fait penser à une phrase que j'ai apprise en cours : « l'appétit vient en mangeant ».

Jules : Voilà, c'est exactement ça !

Pauline : Ok, je comprends mieux, maintenant. Du coup, on se rejoint où et à quelle heure pour l'apéro ?

Maxence : Chez moi vers 18 heures 30, ça vous va ?

Jules : Nickel !

Pauline : C'est bon pour moi aussi ! Allez, à ce soir !

Maxence： 今天誰要來我家喝開胃酒？

Jules： 我，我要去！

Pauline： 什麼是開胃酒？

Maxence： 是晚餐前的一個小餐。開胃酒是有含酒精類的飲料，有時候有一些餅乾、乾豬肉食品（乾香腸、火腿等）或乳酪。

Pauline： 但是這樣我們晚餐就不餓了，對吧？

Maxence： 就是會餓啊！開胃酒就是讓你開胃。換句話說就是讓我們肚子餓。

Pauline： 啊，讓我想到曾在課堂上學過的一句話「吃的時候胃口就來了」。

Jules： 就是如此，完全正確！

Pauline： 好的，現在我比較懂了。因此我們在哪裡碰面？幾點喝開胃酒？

Maxence： 大約 18 點 30 分在我家，你們方便嗎？

Jules： 太棒了！

Pauline： 對我也方便！好吧，晚上見！

2 Grammaire｜文法解析

・**Le gérondif（副動詞）**

副動詞的動詞變化：

en（介系詞）＋ participe présent（現在分詞）

舉例：écouter（聆聽）→ en écoutant

用法：副動詞扮演狀況補語（complément circonstanciel）的角色，表達時間、原因、方法、條件等，可取代附屬子句。句中是同一個主詞。

> **請看對話中的句子：**
>
> Pauline : Ah, ça me fait penser à une phrase que j'ai
> apprise en cours : « l'appétit vient <u>en mangeant</u> ».

例句：

- En ce moment, certaines personnes aiment manger <u>en regardant</u> leur smartphone.
  (= En ce moment, certaines personnes aiment manger et regarder leur smartphone en même temps.)
  現在，有些人喜歡一邊吃飯一邊看智慧型手機。

- Elle aime faire ses devoirs <u>en écoutant</u> de la musique.
  (= Elle aime faire ses devoirs et écouter de la musique en même temps.)
  她喜歡一邊寫作業一邊聽音樂。

・L'expression de la conséquence（結果短語）

Du coup　因此、所以

表達結果的通俗用語，在口語溝通上很多法國人非常喜歡用它。

請看對話中的句子：

Pauline : Ok, je comprends mieux, maintenant. Du coup, on se rejoint où et à quelle heure pour l'apéro ?

例句：

- Ce matin, j'ai oublié de prendre mon smartphone, du coup personne n'a pu me contacter.
  今天早上，我忘了拿我的智慧型手機，因此沒有一個人可以跟我聯絡。

- Il s'est fait opérer d'une appendicite la semaine dernière, du coup il ne pourra pas participer au marathon.
  他上週因盲腸炎動了手術，因此他將無法參加馬拉松比賽。

Chansons francophones

★ Félix Dyotte - *L'heure de l'apéro*

★ Barbara Pravi - *Voilà*

★ Michel Sardou - *En chantant*

Notes

Vous avez déjà pris un apéro en France ?

17 L'intelligence artificielle 1
人工智慧 1

Mélanie : Je dois écrire un rapport sur le réchauffement climatique. Donne-moi quelques idées.

Florian : On va demander à ChatGPT.

Mélanie : C'est quoi ?

Florian : C'est une intelligence artificielle. Ça marche très bien !

Mélanie : Ah bon ? Explique-le-moi.

Florian : Tu vas lui poser des questions et il te répondra comme tu le souhaites.

Mélanie : Wow, c'est magique !

Florian : Oui, mais attention, il ne faut pas trop compter sur lui. Il peut parfois se tromper !

Mélanie : Je vais essayer et je te dirai comment ça se passe.

Mélanie : 我得寫一份有關天氣暖化的報告。請你給我一些意見。

Florian : 我們來問問 ChatGPT。

Mélanie : 這是什麼？

Florian : 這是人工智慧（AI）。很好用的！

Mélanie : 真的？請你解釋給我聽！

Florian : 妳問人工智慧問題，它就會回答妳，如妳所希望的。

Mélanie : 哇，很神奇！

Florian : 是啊！但是要小心，不能太仰賴它。有時候它也會搞錯的！

Mélanie : 我將會試試看，再告訴你進展得如何。

· 命令語式肯定句與人稱代名詞的位置之用法

位置：人稱代名詞置於動詞之後

舉例：Écoute-moi !（聽我說！）

Allons-y !（我們走吧！）

Amusez-vous bien !（你們好好地去玩吧！）

請看對話中的句子：

Mélanie : Je dois écrire un rapport sur le réchauffement climatique. Donne-moi quelques idées.

Mélanie : Ah bon ? Explique-le-moi.

例句：

Nathan : À quelle heure je peux te téléphoner ?
我幾點可以打電話給妳？

Lou : Téléphone-moi vers 20 heures.
大約 20 點打電話給我。

Simon : Vous voulez un peu de vin ?
你們要一點酒嗎？

Georges et Patrick : Oui, donne-nous-en un peu.
好，給我們一點。

Chansons francophones ♫

★ Joyce Jonathan - *Ça ira*

★ Zazie - *Je suis un homme*

★ Johnny Hallyday - *Dis-le-moi*

18 L'intelligence artificielle 2
人工智慧 2

1 Dialogue | 對話 　　　　　　　　　　　　　　▶ MP3-18

Florian : Alors, qu'est-ce que tu penses de ChatGPT ?

Mélanie : C'est impressionnant ! Il a facilement compris ce que je voulais. Avant, je mettais beaucoup de temps pour écrire un rapport. Je n'avais pas d'inspiration et je ne savais pas quoi écrire. Je faisais aussi beaucoup d'erreurs. Mais maintenant, c'est vraiment facile !

Florian : Moi, je l'utilise pour faire des recherches sur Internet et trouver des articles intéressants.

Mélanie : Ce n'est pas seulement un outil, c'est aussi un assistant.

Florian : Plus besoin de dictionnaire !

Mélanie : Qu'est-ce qu'il est capable de faire d'autre ?

Florian : Oh, il peut planifier un voyage, donner des conseils, créer des paroles de chansons, etc.

Mélanie : Mais alors, certains métiers vont disparaître !

Florian : Oui, c'est possible.

Florian： 怎麼樣，妳對 ChatGPT 的看法如何？

Mélanie： 令人印象深刻！它很容易就了解我想要的東西。以前我花很多時間寫一份報告。我沒有靈感，不知道該寫什麼。我也犯過很多錯誤。但是現在，實在非常地簡單！

Florian： 我也使用 ChatGPT 幫我在網路搜尋同時找到一些有趣的文章。

Mélanie： ChatGPT 不只是一個工具，也是一位助理。

Florian： 不再需要用字典了！

Mélanie： 它還能夠做什麼其他的事情？

Florian： 它可以策劃一個旅遊、給一些忠言、創作歌詞等。

Mélanie： 然而這麼一來有些職業將會消失！

Florian： 是的，這是有可能的。

- Le pronom neutre（中性代名詞）與
  Le pronom relatif（關係代名詞）之用法

Ce que (qu')

> **請看對話中的句子：**
>
> **Mélanie :** C'est impressionnant ! Il a facilement compris <u>ce que</u> je voulais.

例句：

Issac : Tu comprends <u>ce que</u> je viens de dire ?
妳了解我剛剛所說的話嗎？

Lina : Non, pas tout à fait. Pourrais-tu répéter <u>ce que</u> tu viens de dire ?
不，不完全了解。你可以重複你剛剛所說的話嗎？

Victoria : Dans la vie, on ne peut pas faire <u>ce qu'</u>on veut, c'est dommage.
在生活中，我們不能為所欲為，真可惜。

Lily : Moi, je ne suis pas d'accord avec toi.
我不同意妳的說法。

Chansons francophones ♫

★ Joyce Jonathan - *Les filles d'aujourd'hui*

★ Raphaël & Pomme - *Le train du soir*

★ Linh - *Si seulement*

11
S
20

19 De quoi parle ton podcast ?
你的 podcast 談些什麼？

Iris : Qu'est-ce que tu as comme projets dans le futur ?

Cédric : J'aimerais bien créer des podcasts sur YouTube et Spotify.

Iris : Ah, c'est une bonne idée ! De quoi ça va parler ?

Cédric : Ça va surtout parler de la langue et de la culture françaises.

Iris : Ça a l'air intéressant. Est-ce qu'il y aura des invités ?

Cédric : Pour l'instant, non, ce n'est pas prévu. Mais c'est vrai que c'est une bonne idée, je vais peut-être faire ça !

Iris : Ce sera moins monotone. Et pourquoi tu veux faire un podcast ?

Cédric : Ça peut enrichir la vie des gens, et moi je peux partager certains sujets avec tout le monde.

Iris : Quand est-ce que tu vas commencer ?

Cédric : Sûrement après les vacances d'été. Tu m'écouteras, hein ?

Iris : Évidemment ! Et je partagerai même avec mes amis.

Cédric : Parfait ! Je compte sur toi.

Iris : 　你未來有什麼計畫？

Cédric : 我想在 YouTube 及 Spotify 做 podcast。

Iris : 　啊，這是個好主意！將要談什麼主題？

Cédric : 尤其是要談到法語及法國文化。

Iris : 　聽起來很有趣。會邀請一些來賓嗎？

Cédric : 目前沒有事先安排。不過，這的確是個好的想法，或許我
　　　　 會這麼做！

Iris : 　這比較不會單調。為什麼你要做 podcast ？

Cédric : 可以充實人們的生活，我可以跟大家分享某些主題。

Iris : 　你將什麼時候開始？

Cédric : 當然是暑假之後。妳會收聽我的 podcast，對吧？

Iris : 　當然喔！我甚至會跟我的朋友們分享。

Cédric : 太好了！我就靠妳了。

・**Le conditionnel présent**（條件語式現在時）

動詞變化：不定式的動詞 + *-ais, -ais, ait, -ions, -iez, -aient*

舉例：aimer

J'aimerais	Nous aimerions
Tu aimerais	Vous aimeriez
Il (Elle) aimerait	Ils (Elles) aimeraient

用法：動詞 aimer、souhaiter、vouloir 等以條件語式現在時呈現時，表達說話的語氣，有「希望」的意思。

請看對話中的句子：

Cédric : J'aimerais bien créer des podcasts sur YouTube et Spotify.

例句：

- Nous souhaiterions acheter le dernier modèle de tablette.
  我們希望買最新款式的平板電腦。

- Elle voudrait parler couramment le français.
  她希望能說一口流利的法文。

· Préposition（介系詞）+ quoi

此用法與動詞結構有關係

★注意：介系詞之後不能放 que

> **請看對話中的句子：**
>
> Iris : Ah, c'est une bonne idée ! De quoi ça va parler ?（parler de qqch 談論到某事）

例句：

- À quoi tu penses ?
  （penser à qqch 想某事）
  你（妳）正在想什麼？

- De quoi vous avez besoin ?
  （avoir besoin de qqch 需要某事）
  你們（妳們）需要什麼東西？

11 ~ 20

Chansons francophones ♩

★ Emma Daumas - *Tu seras*

★ David et Jonathan - *Est-ce que tu viens pour les vacances ?*

★ France Gall - *Évidemment*

20 Mes meilleures vacances
我最美好的假期

1 Dialogue | 對話
▶ MP3-20

Diane : Tiens, d'ailleurs, c'était quoi tes meilleures vacances ?

Justin : Mes meilleures vacances ? Houlà, ça fait presque huit ans. C'était dans l'Aveyron.

Diane : C'est où, l'Aveyron ? En France ?

Justin : Exact ! C'est dans le sud de la France. Là-bas, je me suis baigné dans la rivière du Tarn, l'eau y était fraîche. J'ai aussi visité le château de Sévérac. Je me souviens qu'il faisait très chaud et qu'il n'y avait pas beaucoup de touristes. C'étaient des vacances reposantes. Et toi ? Tes meilleures vacances ?

Diane : J'étais à l'île de la Réunion, j'ai fait de la plongée sous-marine, du deltaplane et j'ai vu de la lave du Piton de la Fournaise. C'étaient des vacances inoubliables !

Justin : Ça donne envie d'y aller ! Est-ce que tu as mangé des spécialités réunionnaises ?

Diane : Oui, j'ai mangé des plats créoles à base de poulet et je buvais du punch tous les soirs à l'apéro !

Justin : Et tu aimerais y retourner ?

Diane : Non, la prochaine fois, j'ai plutôt envie de découvrir d'autres îles ou archipels, comme la Martinique ou Tahiti.

Justin : Moi, Tahiti, ça me tente aussi !

Diane : 對了，你最美好的假期是什麼？

Justin : 我最美好的假期？天啊，幾乎是八年前的事情了。那是在阿韋龍的假期。

Diane : 阿韋龍省在什麼地方？在法國？

Justin : 正確！在法國南部。我在塔恩河游泳，那裡的水很涼快。我也參觀了塞韋拉克的城堡。我記得那時天氣很熱，而且沒有很多觀光客。一個使人得到休息的假期。妳呢？妳最美好的假期是什麼？

Diane : 我當時在留尼旺島，我去潛水、玩滑翔翼，而且我看到了富爾奈斯火山的火山岩。一個令人難忘的假期。

Justin : 聽了之後好想去那裡！妳是否吃了留尼旺島的名菜？

Diane : 吃過，我吃了以雞肉為主的克里奧爾菜，每晚都喝潘趣酒作為開胃酒！

Justin : 妳想要再回去留尼旺島嗎？

Diane : 不想，下次我比較想去探索其他的島嶼或是群島，例如馬丁尼克島或是大溪地。

Justin : 大溪地也很吸引我喔！

2 Grammaire | 文法解析

・Le passé composé et l'imparfait（複合過去時與過去未完成時）

用法：複合過去時強調過去事件發生且完成

請看對話中的句子：

> Justin : ... je me suis baigné dans la rivière du Tarn, ...J'ai aussi visité le château de Sévérac.
>
> Diane : ... j'ai fait de la plongée sous-marine, du deltaplane et j'ai vu de la lave du Piton de la Fournaise...
>
> Justin : ... Est-ce que tu as mangé des spécialités réunionnaises ?
>
> Diane : Oui, j'ai mangé des plats créoles à base de poulet...

用法：過去未完成時用於描寫當時候的狀況、河流的水溫、天氣、提到過去的習慣。

請看對話中的句子：

> Diane : ... c'était quoi tes meilleures vacances ?
>
> Justin : ... C'était dans l'Aveyron.（描寫地點）

Justin : ... l'eau y <u>était</u> fraîche...（描寫河流的水溫）

... Je me souviens qu'il <u>faisait</u> très chaud（描寫天氣 ）et qu'il n'y <u>avait</u> pas beaucoup de touristes.（描寫當時候的狀況）C'<u>étaient</u> des vacances reposantes !（描寫當時候的狀況）

Diane : J'<u>étais</u> à l'île de La Réunion...（描寫地點）C'<u>étaient</u> des vacances inoubliables !（描寫當時候的狀況）

Diane : ... je <u>buvais</u> du punch tous les soirs à l'apéro !（過去的習慣）

· Les adjectifs indéfinis（不定形容詞）

Un autre（陽性單數）另外一個

Une autre（陰性單數）另外一個

D'autres（陰陽性複數）其它的

請看對話中的句子：

Diane : Non, la prochaine fois, j'ai plutôt envie de découvrir <u>d'autres</u> îles ou archipels, comme la Martinique ou Tahiti.

例句：

- Vous voulez regarder <u>un autre</u> film ?
  你們（妳們）想要看另外一部電影嗎？

- Je peux te poser <u>une autre</u> question ?
  我可以問你（妳）另外一個問題嗎？

- Nous voudrions essayer <u>d'autres</u> chaussures car celles-ci sont trop petites.
  我們想要試穿其它的鞋子，因為這些太小了。

Chansons francophones 🎵

★ Michel Jonasz - *Les vacances au bord de la mer*

★ Françoise Hardy - *Le temps de l'amour*

★ Orelsan - *La quête*

21~30

臺法生活文化

21 Les supérettes taïwanaises
臺灣的便利商店

Ophélie : Qu'est-ce que tu penses des Taïwanais ?

Romain : Je trouve qu'ils sont très accueillants. J'ai aussi remarqué qu'ils s'intéressent beaucoup aux cultures étrangères.

Ophélie : Maintenant, les Taïwanais voyagent beaucoup, donc ils sont plus ouverts sur le monde. Et sinon, comment tu trouves la vie à Taïwan ?

Romain : C'est assez facile et pratique. Par exemple, de nombreuses supérettes sont ouvertes 24 heures sur 24 et 7 jours sur 7. On peut tout y faire : retirer ou déposer de l'argent, payer ses impôts, acheter un billet de train, aller aux toilettes gratuitement ou encore prendre son repas.

Ophélie : C'est étonnant, pour les Français ?

Romain : Oui, car je n'ai jamais vu cela en France.

Ophélie : Et qu'est-ce qui te dérange à Taïwan ?

Romain : Oh, pas grand chose. Mais la chaleur est difficile à supporter pour moi. Je n'y suis pas habitué.

Ophélie : Et à Taipei, il pleut souvent.

Romain : L'air est aussi très humide !

Ophélie : Exactement. Si tu restes longtemps à Taïwan, tu t'habitueras au climat.

Ophélie : 你覺得臺灣人怎麼樣？

Romain : 我覺得他們很好客，我也發覺到他們對外國文化很感興趣。

Ophélie : 現在，臺灣人旅行得很頻繁，所以他們比較有世界觀。不然，你覺得在臺灣的生活如何？

Romain : 相當容易也很方便。例如，很多便利商店每天 24 小時營業，每週開 7 天。我們在這裡能夠做所有的事情：提錢或存錢、繳稅、買火車票、免費上廁所或是還可以用餐。

Ophélie : 對法國人而言是很令他們驚訝的事情嗎？

Romain : 是的，因為我在法國從沒看過這種情況。

Ophélie : 在臺灣有什麼事情會打擾到你？

Romain : 沒有什麼大事。不過，天氣太熱讓我很難忍受。我還沒有適應。

Ophélie : 而且臺北經常下雨。

Romain : 空氣也很潮濕！

Ophélie : 完全正確。假如你在臺灣停留久一點，你就會適應氣候了。

· L'expression de la conséquence（結果短語）

Donc　因此、所以

置於句中，在此字之前加逗點符號。

> **請看對話中的句子：**
>
> Ophélie : Maintenant, les Taïwanais voyagent beaucoup,
> donc ils sont plus ouverts sur le monde.

例句：

- Il est tard, donc je suis fatigué.
  時間晚了，所以我累了。

- Je pense, donc je suis.
  我思故我在。（法國哲學家笛卡爾的名言）

・L'expression de la cause（原因短語）

Car　由於、因為

一般置於句中

> **請看對話中的句子：**
>
> **Romain :** Oui, car je n'ai jamais vu cela en France.

例句：

- Elle ne veut plus continuer à étudier le russe car c'est trop difficile.
  她不想再繼續念俄文，因為太難了。

- Le récital de piano de demain est annulé car le pianiste a eu un problème de santé.
  明天的鋼琴獨奏會被取消了，因為鋼琴家身體不舒服。

・Le pronom interrogatif（疑問代名詞）

Qu'est-ce qui 什麼事情、什麼東西

作為主詞，之後接動詞。

> 請看對話中的句子：
>
> Ophélie : Et qu'est-ce qui te dérange à Taïwan ?

例句：

- Tu as l'air triste, qu'est-ce qui ne va pas ?
  你（妳）看起來很悲傷，什麼事情不對勁？

- Pourquoi les voitures n'avancent plus ? Qu'est-ce qui
  se passe ?
  為什麼車子都不再往前走呢？發生什麼事情？

· L'expression de la condition（條件短語）

Si (s')　如果、假如

句型：Si + sujet + verbe (présent)...sujet + verbe (futur)

用法：假設語氣可用於現在、過去與未來。在此只提到與未來
　　　有關的情況。

請看對話中的句子：

Ophélie : Exactement. Si tu restes longtemps à Taïwan, tu
t'habitueras au climat.

例句：

- S'il fait beau demain, nous irons faire une promenade
au parc.
如果明天天氣好，我們就去公園散散步。

- Si je gagne au loto, j'achèterai une voiture italienne.
假如我贏得樂透，我將買一輛義大利車子。

21
〜
30

Chansons francophones ♫

★ Desireless - *Voyage Voyage*

★ Amir - *Longtemps*

★ Carole Fredericks - *Qu'est-ce qui t'amène*

22 Nos animaux sont bien gâtés !
我們的寵物都很受寵！

Guillaume : Ce matin, j'ai vu quelqu'un promener son chien dans une poussette.

Fanny : Oui, certaines personnes font ça à Taïwan. Et en France, ça ne se fait pas ?

Guillaume : Je n'ai jamais vu ça en France. On promène simplement notre chien en laisse.

Fanny : Avant, à Taïwan, peu de gens avaient un animal de compagnie. Donc il y avait peu d'animaleries. Mais maintenant, il y en a beaucoup plus. En France, qu'est-ce qu'on peut acheter dans une animalerie ?

Guillaume : Oh, toutes sortes d'animaux. Par exemple, des chiens, des chats, des poissons, des oiseaux, des cochons d'Inde, des lapins, etc. Et comme il y a des animaleries, il y a aussi des salons de toilettage et des pensions.

Fanny : Des pensions pour les animaux ?

Guillaume : Bien sûr ! Ce sont des endroits où on fait garder nos animaux.

Fanny : Et si les animaux sont malades, comment vous faites ?

Guillaume : On va voir le vétérinaire.

Fanny : De nos jours, nos animaux sont bien gâtés !

Guillaume : 今天早上我看到有人用娃娃車推他的狗散步。

Fanny : 是啊，在臺灣有些人這麼做。那在法國不這麼做嗎？

Guillaume : 在法國我從來沒有看過這種情況，我們只是牽著狗散步而已。

Fanny : 以前在臺灣很少人有寵物，因此寵物店不多，但是現在多了很多。在法國的寵物店我們可以買什麼？

Guillaume : 喔，各種寵物。例如，狗、貓、魚、小鳥、天竺鼠、兔子等。因為有寵物店，所以也有動物梳洗沙龍及寄宿中心。

Fanny : 寵物寄宿中心？

Guillaume : 當然啊！這是讓別人來看管我們的寵物的地方。

Fanny : 那如果寵物生病了，你們怎麼做？

Guillaume : 我們會去看獸醫。

Fanny : 今日我們的寵物很受寵！

· L'expression de la cause（原因短語）

Comme   由於、因為

總是置於句首

> **請看對話中的句子：**
>
> Guillaume : ...Et comme il y a des animaleries, il y a aussi des salons de toilettage et des pensions.

例句：

- Comme on est très occupés cette semaine, on ne pourra pas aller au concert.
  因為我們這週很忙，所以無法去聽音樂會。

- Comme il y aura des embouteillages sur l'autoroute, il vaudrait mieux partir plus tôt.
  因為在高速公路上會塞車，所以最好早一點出發。

· Le pronom relatif（關係代名詞）

Où 地方補語（complément de lieu）

où 之前的先行詞是地方

> **請看對話中的句子：**
>
> Guillaume : Bien sûr ! Ce sont des endroits où on fait garder nos animaux.

例句：

- La ville où nous habitons est très agréable. (où 之前的先行詞是 La ville)
  我們住的那個城市非常地舒服。

- L'hôtel où j'ai logé se trouvait près de la mer, on avait une jolie vue. (où 之前的先行詞是 L'hôtel)
  我住的那個旅館靠近海邊，風景很美。

· Les expressions de la quantité（數量片語）

Peu de ＋可數與不可數的名詞（很少、不多）

Un peu de ＋不可數的名詞（一點）

> **請看對話中的句子：**
>
> **Fanny :** Avant, à Taïwan, <u>peu de</u> gens avaient un animal de compagnie.

例句：

- J'ai <u>peu de</u> temps, si tu as d'autres questions, reviens me voir demain dans mon bureau.
  我的時間不多，如果你（妳）有其它的問題，明天再來我的辦公室看我。

- Elle vient d'arriver dans cette nouvelle ville, elle a <u>peu d'amis</u>.
  她剛剛到這個新的城市，她的朋友不多。

- Tu as besoin d'<u>un peu d'argent</u> ?
  你（妳）需要一點錢嗎？

Chansons francophones ♫

★ Graeme Allwright - *Ça je ne l'ai jamais vu*

★ Jean-Jacques Goldman - *Comme toi*

★ Cœur de pirate - *Comme des enfants*

21
〉
30

23 Le mariage et les enfants
婚姻與孩子

1 Dialogue | 對話　▶ MP3-23

Pierrick : J'ai lu que les Taïwanais se mariaient de plus en plus tard et qu'ils faisaient de moins en moins d'enfants. Tu le savais, toi ?

Camille : Oui, je le savais. Est-ce que c'est aussi comme ça en France ?

Pierrick : C'est à peu près la même chose qu'à Taïwan. Mais ce n'est pas nouveau pour nous.

Camille : C'est à cause de quoi, à ton avis ?

Pierrick : Certaines personnes font des études plus longues et donc se marient plus tard. D'autres veulent profiter de la vie et ne veulent pas faire d'enfants. Pour d'autres encore, c'est à cause de la surpopulation sur Terre. Et toi, tu veux des enfants ?

Camille : Pour l'instant, c'est trop tôt pour le dire. Mais dans un futur lointain, pourquoi pas ? Tu aimerais avoir des enfants, toi ?

Pierrick : Oui, j'en veux deux.

Pierrick : 我曾在報章雜誌上看到，臺灣人愈來愈晚結婚，而且孩子愈生愈少，妳知道這件事嗎？

Camille : 我早就知道了。在法國也是同樣的情況嗎？

Pierrick : 跟臺灣的情況幾乎很類似，不過這種情況對我們而言並不新鮮。

Camille : 依你的看法是什麼原因呢？

Pierrick : 因為有些人求學的時間較長，所以結婚就比較晚。另外一些人想要享受人生，而且也不想要生小孩，還有一些人，是因為地球人口過多而不想生。妳呢，妳想要有孩子嗎？

Camille : 目前談這件事還太早。不過以後呢，何嘗不可？你呢，你想要有孩子嗎？

Pierrick : 想，我想要有兩個。

- **L'expression de la comparaison（比較級短語）**

De moins en moins + de (d') + nom　愈來愈少

如果後面要接名詞，則要多加一個介系詞 de 或 d'。

> **請看對話中的句子：**
>
> Pierrick : J'ai lu que les Taïwanais se mariaient de plus en
> plus tard et qu'ils faisaient de moins en moins
> d'enfants.

例句：

- Nous avons du mal à nous garer car il y a de moins en moins de parkings.
  因為停車場愈來愈少，所以我們要停車很困難。

- Il y a de moins en moins d'eau dans ce lac à cause de la sécheresse.
  因為乾旱，所以這個湖的水愈來愈少。

・L'expression de la cause（原因短語）

À cause de　由於、因為

可置於句首或句中，說明不好的理由。

À cause de + nom（名詞）

À cause de + pronom tonique（重讀音代名詞）

請看對話中的句子：

Camille : C'est <u>à cause de</u> quoi, à ton avis ?

例句：

- Quelques maisons se sont écroulées <u>à cause du</u> tremblement de terre.（合併冠詞 du = de + le）
  有些房子因為地震而倒塌。

- On ne peut plus faire de croisière <u>à cause de</u> la tempête.
  因為暴風雨我們不能再搭豪華郵輪。

· Les adjectifs indéfinis（不定形容詞）

Certains (Certaines)... d'autres　某些……另外一些

> **請看對話中的句子：**
>
> **Pierrick :** Certaines personnes font des études plus longues et donc se marient plus tard. D'autres veulent profiter de la vie et ne veulent pas faire d'enfants.

例句：

- Certaines personnes aiment la musique classique, d'autres la musique moderne.
  某些人喜歡古典音樂，另外一些喜歡現代音樂。

- Certains étudiants souhaiteraient travailler comme interprètes, d'autres voudraient se lancer dans le commerce.
  某些學生希望能做口譯的工作，另外一些想投入貿易。

Chansons francophones ♫

★ Shurik'n - *La même chose*

★ Yelle - *À cause des garçons*

★ Charles Aznavour - *De moins en moins*

21
ς
30

24 Se marier en France ou à Taïwan
在法國或在臺灣結婚

Élodie : Tiens, je me suis toujours demandé comment se passait un mariage en France.

Maxime : D'abord, on va à la mairie pour la cérémonie civile. Ensuite, si on veut, on peut aller à l'église pour la cérémonie religieuse. Et après, on fait la fête tous ensemble : on mange, on boit, on danse, on joue à des jeux...

Élodie : Où est-ce que vous faites la fête ? À l'hôtel ?

Maxime : Parfois, oui, mais souvent, on loue une salle des fêtes et on prépare un grand buffet. On boit toujours du champagne pour célébrer cet événement. Comment ça se passe à Taïwan ?

Élodie : La plupart des jeunes se marient plutôt à la mairie, et ensuite ils vont organiser un repas de mariage à l'hôtel. Le menu est composé de douze plats et on mange autour de tables rondes. Parfois, il y a des spectacles ou des concerts. Mais, à l'inverse de la France, il n'y a pas de bal.

Maxime : Et les mariés ? Qu'est-ce qu'ils font pendant le repas ?

Élodie : La mariée va se changer deux ou trois fois au cours du repas. Les mariés doivent aussi faire le tour des tables pour trinquer avec tous les invités. À la fin, ils se mettent à la sortie pour remercier chaque invité.

Maxime : Eh ben dis donc ! Ça doit être fatigant pour eux !

Élodie : 對了，談到婚禮，我總是想知道法國的婚禮是如何進行。

Maxime : 首先，我們先去市政府登記結婚。然後，如果我們想要去教堂舉行宗教儀式的婚禮也可以。之後，我們一起慶祝：我們吃、喝、跳舞、玩遊戲 ...

Élodie : 你們在哪裡慶祝婚禮？在旅館嗎？

Maxime : 有時候，不過我們經常租一個宴會廳，然後我們準備一個大型的自助餐。我們總是喝香檳來慶祝這件大事。在臺灣的婚禮是如何進行呢？

Élodie : 大部分的年輕人比較常去市政府登記結婚，然後他們在旅館舉辦喜宴。喜宴菜單有十二道菜，人們圍著圓桌用餐。有時候有表演或音樂會。但是沒有舞會，跟法國相反。

Maxime : 在喜宴時新郎與新娘都做什麼？

Élodie : 在賓客用餐時，新娘會去換兩、三次衣服。新郎與新娘得到每桌跟所有賓客敬酒。喜宴結束後他們站在門口送客，答謝每位賓客。

Maxime : 天啊！這對他們來說應該是件很累人的事喔！

2 Grammaire | 文法解析

· L'adjectif indéfini（不定形容詞）

La plupart de　大部分

> **請看對話中的句子：**
>
> Élodie : La plupart des jeunes se marient plutôt à la mairie, et ensuite ils vont organiser un repas de mariage à l'hôtel.（合併冠詞 des = de + les）

例句：

- La plupart des Taïwanais aiment manger du riz.
  (合併冠詞 des = de + les)
  大部分的臺灣人喜歡吃米飯。

- La plupart des vêtements dans cette boutique viennent de Corée du Sud. (合併冠詞 des = de + les)
  這家精品店大部分的衣服來自於南韓。

‧ La locution adverbiale（副詞短語）

Au cours de...　在…期間

Élodie：La mariée va se changer deux ou trois fois <u>au cours du repas</u>.（合併冠詞 du = de + le）

例句：

- Monsieur Leblanc a fait construire un grand centre commercial <u>au cours de</u> son mandat de maire.
  Monsieur Leblanc 在當市長期間蓋了一個很大的商業中心。

- La grande majorité des gens portaient un masque <u>au cours de</u> la période COVID-19.
  絕大部分的人在新冠疫情期間都戴著口罩。

21
∫
30

Chansons francophones 🎵

★ Michel Sardou - *Les vieux mariés*

★ Indila - *Dernière danse*

★ Florent Pagny - *Si tu veux m'essayer*

25 La culture du tatouage
刺青文化

Simon : Qu'est-ce que tu penses des tatouages ? C'est un art, une tendance, un moyen d'expression, une façon de se créer son propre style ?

Margot : Ça dépend des gens. Pour moi, c'est un moyen de se souvenir de quelque chose qui nous tient à cœur. Et pour toi ?

Simon : Je ne sais pas trop. Je n'en ai jamais fait. Je ne sais pas si cela m'irait.

Margot : Moi, je connais quelqu'un qui a deux tatouages : un sur le bras et un sur la main. L'un est le dessin d'un chat et l'autre est un prénom.

Simon : Est-ce que ça fait mal ?

Margot : Je pense que oui. Mais bon, ça vaut le coup. Il faut souffrir pour être belle.

Simon : Ça, c'est bien dit !

Margot : Merci du compliment ! C'est grâce à toi que j'ai fait des progrès en français. Alors, ça te dirait d'aller te faire tatouer ?

Simon : Euh... Je vais y réfléchir.

Simon： 妳對刺青有什麼看法？這是一種藝術、潮流、表現的方法、樹立自我的風格嗎？

Margot：看每個人的表達方式。對我而言，是一種對我們很重要的事情的回憶方式。對你來說呢？

Simon： 我不太知道。我從來沒刺青過，我不知道是否適合我。

Margot：我認識某個人，她有兩個刺青：一個在手臂，還有一個在手上。一個刺青是一隻貓，而另一個是名字。

Simon： 刺青會痛嗎？

Margot：我想是會痛的。但是，還是值得去刺的。愛美就不要怕痛。

Simon： 妳說得好！

Margot：謝謝你的誇獎！多虧你，我的法文進步了。那麼你想要去刺青嗎？

Simon： 嗯……我要考慮考慮。

· Les pronom indéfinis（不定代名詞）

L'un(e)...l'autre　一個……另一個

> **請看對話中的句子：**
>
> Margot : Je connais quelqu'un qui a deux tatouages : un
> sur le bras et un sur la main. L'un est le dessin
> d'un chat et l'autre est un prénom.

例句：

- Voici deux appartements, l'un est au premier étage,
  l'autre au dernier. Tu préfères lequel ?
  這裡有兩個公寓，一個位於一樓，另一個位於最後一樓。
  你（妳）比較喜歡哪一個？

- Voici deux entreprises taïwanaises, l'une fabrique des
  masques, l'autre produit des semi-conducteurs.
  這裡有兩家臺灣公司，一家製造口罩，另一家生產晶片。

・L'expression de la cause（原因短語）

Grâce à　幸虧

說明好的理由

Grâce à + nom（名詞）

Grâce à + pronom tonique（重讀音代名詞）

> **請看對話中的句子：**
>
> Margot : Merci du compliment ! C'est grâce à toi que j'ai fait des progrès en français. Alors, ça te dirait d'aller te faire tatouer ?

例句：

- Nous avons enfin terminé ce long rapport grâce à ton aide.
  多虧你（妳）的幫忙，我們終於結束這份很長的報告。

- C'est grâce à elle qu'on a pu trouver des billets d'avion moins chers.
  多虧她，我們才能找到比較不貴的機票。

21
〜
30

・La voix passive（被動語式）

Se faire + verbe à l'infinitif　被⋯⋯

請看對話中的句子：

Margot : Alors, ça te dirait d'aller te faire tatouer ?

例句：

Evelyn : Waouh ! Tu as changé de coiffure.
　　　　哇！妳改變髮型了。

Céleste : Oui, je me suis fait couper les cheveux par
　　　　　une célèbre coiffeuse japonaise.
　　　　　是啊，我去給一位有名的日本女設計師剪的。

Janne : Daniel est encore à l'hôpital ?
　　　　Daniel 還在醫院嗎？

Gabin : Oui, il s'est fait opérer il y a deux jours.
　　　　還在，他兩天前開了刀。

Chansons francophones ♫

★ Pomme - *On brûlera*

★ Pierre Lapointe - *Tatouage*

★ Johnny Hallyday - *Je te promets*

21
〉
30

26 Galanterie et discipline
獻殷情和守紀律

Léa : On dit que les Français sont galants. Est-ce que tu peux m'expliquer ce que c'est, la galanterie ?

Florent : Ce sont de petits gestes de politesse que les hommes font pour faire plaisir aux femmes : leur ouvrir la porte, les faire asseoir, leur dire des compliments, etc.

Léa : Et toi, est-ce que tu es quelqu'un de galant ?

Florent : Plus ou moins.

Léa : Ah bon ? Je croyais que tous les Français étaient comme ça ! Dans les films français, l'homme est souvent galant.

Florent : Dans la vraie vie, ce n'est pas tout à fait la même chose. Et les Taïwanais, est-ce qu'ils sont galants ?

Léa : Ça dépend des gens, mais je préfère la galanterie des Français. Et en ce qui concerne la discipline, je trouve que les Taïwanais sont meilleurs que les Français.

Florent : Ah oui ! Par exemple, un grand nombre d'entre eux fait la queue pour attendre le métro. À l'école, les élèves écoutent davantage le professeur en classe.

Léa : Pour certains, c'est parce qu'ils ont peur de poser des questions en public. Ils n'ont pas envie de perdre la face.

Léa : 聽說法國男人很會獻殷情。你是否可以跟我解釋什麼是對女士的獻殷情？

Florent : 為了討好女士，男士做出的一些有禮貌的小舉動，例如，為她們開門、拉出椅子讓她們坐下來、說一些讚美她們的話等。

Léa : 你呢？你是一位會獻殷情的人嗎？

Florent : 有時是，有時不是。

Léa : 真的？我之前都一直以為所有的法國男人都是這樣！在法國電影中，男士經常有紳士風度。

Florent : 在現實生活裡就不完全是這樣喔。而臺灣男士都有紳士風度嗎？

Léa : 要看是什麼人，但是我比較喜歡法國人的獻殷情。就守紀律而言，我覺得臺灣人比法國人更守規矩。

Florent : 真的！例如，絕大部分的人會排隊等捷運。在學校，學生在課堂上會多聽老師的講解。

Léa : 對某些人而言是如此，這是因為他們害怕在大眾面前提問。他們不想丟面子。

· Le pronom indéfini（不定代名詞）

Quelqu'un + de (d') + adjectif masculin（陽性形容詞）

> 請看對話中的句子：
>
> Léa : Et toi, est-ce que tu es quelqu'un de galant ?

例句：

- Dominique est un connaisseur de vin, en plus c'est quelqu'un d'amusant.
  Dominique 是位品酒專家，而且還是位很風趣的人。

Franck : Tu connais Alice ?
　　　　妳認識 Alice 嗎？

Lya : Oui, c'est quelqu'un de sympathique et de très intéressant.
　　　認識，她是一個親切且很有意思的人。

Chansons francophones ♫

★ Zappy Max - *La galanterie*

★ Claire Keim - *Ça dépend*

★ Madame Monsieur - *Quelqu'un pour toi*

21
〉
30

151

27 Comment protéger notre planète ?

如何保護我們的地球？

---

1 Dialogue | 對話 ▶ MP3-27

Clara : Oh là là, il pleut encore !

Sylvain : Ben oui, c'est la saison des pluies ! Tu as remarqué qu'à Taïwan, il pleut parfois pendant des jours ?

Clara : Du coup, à quelle période il vaut mieux venir à Taïwan, à ton avis ?

Sylvain : Soit en novembre, soit au printemps. En novembre, il fait plus frais. Au printemps, il y a beaucoup de fleurs. Par contre, il vaut mieux éviter de venir en été parce qu'il fait une chaleur épouvantable. Et en plus, il y a des typhons ! C'est très violent.

Clara : Beaucoup de vent et de pluie, c'est bien ça ?

Sylvain : Oui, et parfois ça provoque des dégâts énormes. C'est très dangereux. Il arrive qu'en une nuit, certains agriculteurs perdent toutes leurs récoltes.

Clara : J'ai de la chance, je n'ai encore jamais vu de typhon. Par contre, j'ai déjà vécu des séismes. En France, il y a aussi des catastrophes naturelles : des inondations, des feux de forêt, de la grêle, etc. Aux États-Unis, par exemple, il peut y avoir des ouragans et des tornades.

Sylvain : Ouragans, tornades, typhons... c'est compliqué, tout ça. Bon, allez, il fait beau aujourd'hui, on en profite pour aller faire un petit tour dans le parc ?

Clara : Bonne idée, allons-y !

** dans le parc **

Sylvain : Puisqu'il y a tant de catastrophes naturelles, comment protéger notre planète ?

Clara : Je pense qu'on peut réduire notre consommation en général. Chacun peut contribuer à son échelle. Nous devons faire des efforts communs pour que notre planète devienne plus vivable.

21
⸾
30

Clara :	我的天啊,又下雨了!
Sylvain :	是啊,這是雨季!妳有沒有發現在臺灣有時下雨下好幾天?
Clara :	因此,你覺得哪段期間來臺灣比較好?
Sylvain :	十一月或春天。十一月天氣比較涼爽。春天則有很多花。相反地,最好避開夏天來臺灣,因為天氣太酷熱了,而且有颱風!非常地強烈。
Clara :	很多風和雨,是這樣嗎?
Sylvain :	對,有時候會造成很大的損害,非常地危險。有些農夫有可能在一夜之間就失去他們所有的收成。
Clara :	我運氣真好,我還從來沒有看過颱風。反之,我已經經歷過地震。在法國也有一些大自然的災難:水災、森林火災、冰雹等。例如,在美國可能會有颶風和龍捲風。
Sylvain :	颶風、龍捲風、颱風…… 這些字都很複雜。好吧,今天天氣很好,我們就去公園走一圈,好嗎?
Clara :	好主意,我們走吧!

（在公園裡）

Clara :	既然有這麼多大自然的災難,我們該如何保護我們的地球呢?
Sylvain :	我想我們可以減少我們整體的消費。每個人可以貢獻己能。我們應該一起努力,讓我們的地球變得更適合居住。

2 Grammaire | 文法解析

・Le subjonctif présent（虛擬式現在時）

動詞變化：先將動詞變化成直陳式現在時的第三人稱複數，再
將 -ent 刪除，然後在第一、二及第三人稱單數字尾
加上 -e, -es, -e，但得保留原來第三人稱複數 -ent。
除此之外，還要用到直陳式過去未完成時第一及第
二人稱複數。

舉例：parler (說) → Ils parl<u>ent</u>（直陳式現在時的第三人稱複數）
Le subjonctif présent：

que je parl<u>e</u>	que nous parl<u>ions</u>（直陳式過去未完成時）
que tu parl<u>es</u>	que vous parl<u>iez</u>（直陳式過去未完成時）
qu'il / qu'elle parl<u>e</u>	qu'ils parl<u>ent</u> / qu'elles parl<u>ent</u>

★注意：虛擬式的動詞變化一定要在每個人稱前加 que。

句型：Il vaut mieux que（最好）+ sujet + verbe（虛擬式）
Il arrive que（有時發生）+ sujet + verbe（虛擬式）
Pour que（為了）+ sujet + verbe（虛擬式）

用法：假如主要子句的動詞表達情感、心中的意願、勸言、事
情的不確定性、可能性等，附屬子句的動詞就要用虛擬
式。

Clara : ...Il arrive qu'en une nuit, certains agriculteurs perdent toutes leurs récoltes.

例句：

- Il vaudrait mieux que vous partiez plus tôt.
  你們（妳們）最好早一點出發。(勸言)

- Il arrive qu'on se trompe.
  我們有時候會搞錯。(可能)

- Ils ont préparé leur mariage pendant longtemps pour que cet évènement ait du succès.
  他們的婚禮籌備了很久，為了能讓這事件成功。（意願）

· L'expression de la cause（原因短語）

Puisque　既然

說明已經知道的原因

Sylvain : Puisqu'il y a tant de catastrophes naturelles, comment protéger notre planète ?

例句：

- Puisque tu n'aimes pas ton travail actuel, cherches-en un autre.

  既然你（妳）不喜歡你目前的工作，就找另外一個吧。

- Puisque vous êtes passionnés par la culture française, je vous conseille d'écouter ces podcasts.

  既然你們（妳們）熱愛法國文化，我勸你們（妳們）去聽這些 podcasts。

· Les pronoms indéfinis（不定代名詞）

Chacun / chacune　每個

請看對話中的句子：

> **Clara：**Je pense qu'on peut réduire notre consommation en général. Chacun peut contribuer à son échelle.

例句：

- Chacun d'entre nous a ses responsabilités dans cette tâche importante.

  在這個重要的工作裡，我們每個人都有自己該負的責任。

- À l'ouverture du festival de Cannes, les actrices sont élégantes : chacune porte une robe ou bien un tailleur.

  坎城影展開幕時，女明星們都非常高雅：每個人穿著洋裝或套裝。

Chansons francophones ♫

★ Stéphanie de Monaco - *Ouragan*

★ Kyo - *Le chemin*

★ Francis Cabrel - *Encore et encore*

Notes

À votre avis, comment protéger notre planète ?

28 Cours en ligne et télétravail
線上課程和居家辦公

Loïc : Tu as cours aujourd'hui ?

Marine : Oui, j'ai un cours en ligne. C'est plus pratique, ça m'évite de me déplacer jusqu'à l'université.

Loïc : Mais tu arrives à te concentrer sur le cours ?

Marine : Ben... ça dépend des matières. Des fois, je fais d'autres choses en même temps. C'est fatigant de regarder un écran pendant plusieurs heures ! Et toi, tu es en télétravail ?

Loïc : Oui, j'en ai déjà fait pendant la période COVID-19.

Marine : C'était comment ? Ça s'est bien passé ?

Loïc : Dans l'ensemble, oui, il y a moins de déplacements, mais aussi moins de contact humain. Donc parfois, ce n'est pas facile de se motiver.

Marine : Quels sont les avantages du travail à distance pour les entreprises ?

Loïc : Les entreprises peuvent économiser toutes sortes de frais : déplacements, location des bureaux, etc. C'est un mode de travail efficace, intéressant et flexible.

Marine : De toute façon, il y a toujours des avantages et des inconvénients. L'important, c'est de trouver l'équilibre.

Loïc : 妳今天有課嗎？

Marine : 有，我有一門線上的課程。比較方便，我就不必去大學上課。

Loïc : 但是妳能專心上課嗎？

Marine : 嗯……看什麼科目。我有時候上課也會做其他的事情，盯著電腦螢幕好幾個小時是很令人疲憊的！你呢，你居家辦公嗎？

Loïc : 是的，在新冠疫情期間我就在家工作了。

Marine : 狀況如何？一切進行順利嗎？

Loïc : 整體來看算順利，移動次數較少，但與人的溝通也比較少了。因此，有時候不容易引起上班的動機。

Marine : 遠距工作對公司有什麼好處？

Loïc : 公司可以節省各種費用：出差、租辦公室的費用等。這是一種有效率、有意思及有彈性的工作模式。

Marine : 不管怎樣，這種工作模式總是有利弊的。重要的是要找到一個平衡點。

· 分辨形容詞（adjectif）與動詞的形容詞（adjectif verbal）之用法

- Fatigué(e)　疲倦的

詞性：形容詞，要隨名詞的陰陽性單複數變化之。

意思：說明人因做了很多事情而感到疲倦。

- Fatigant(e)　令人疲倦的

詞性：動詞的形容詞，由動詞 fatiguer 變化而來的。在字尾加
　　　上 -ant，該字也要隨名詞陰陽姓單複數變化之。

意思：說明事情讓人感到疲倦。

- Embarrassé(e)　尷尬的（請參考 fatigué(e) 的解說）
- Embarrassant(e)　令人尷尬的（請參考 fatigant(e) 的解說）

> **請看對話中的句子：**
>
> **Marine :** Ben... ça dépend des matières. Des fois, je fais d'autres choses en même temps. C'est fatigant de regarder un écran pendant plusieurs heures !

例句：

- Elle est très <u>fatiguée</u>.
  她非常疲倦。（指人）

- C'est un voyage <u>fatigant</u>.
  這是一個令人疲倦的旅行。（指旅行）

- Je suis <u>embarrassée</u>, je ne sais pas quoi faire.
  我很尷尬，我不知道如何做。（指人）

- C'est une situation <u>embarrassante</u>.
  這是一個令人尷尬的困境。（指困境）

Chansons francophones 🎵

★ Andy St-Louis - *Le télétravail*

★ Tina Arena - *Aimer jusqu'à l'impossible*

★ Pascal Obispo - *L'important c'est d'aimer*

29 Les loisirs des Français
法國人的休閒活動

Aurélie : En général, que font les Français dans leur temps libre ?

Grégoire : On aime bien lire, aller au cinéma, au musée, faire du jardinage, du vélo, de la musique, etc. De même, depuis que le breakdance fait partie des disciplines olympiques, il attire de nombreux amateurs. Et à Taïwan, c'est populaire ?

Aurélie : Très populaire ! Mais on aime aussi utiliser notre portable. Certains ont du mal à s'en séparer. C'est comme ça aussi, en France ?

Grégoire : Oh oui, si tu savais. Par exemple, dans les transports en commun, tout le monde est sur son portable. Beaucoup de gens aiment aussi créer leur site internet ou publier des photos et des vidéos sur Instagram. D'autres préfèrent se promener au parc ou en forêt, par exemple. En France, il y a beaucoup d'endroits où on peut faire de la randonnée.

Aurélie : Tu as déjà fait de la randonnée à Taïwan ?

Grégoire : Non, mais j'ai très envie d'aller à Wulai. Ça te dit d'y aller avec moi ?

Aurélie : J'y suis déjà allée, mais ça me ferait plaisir de te faire découvrir cet endroit relaxant !

Grégoire : Ok, on s'appellera, alors !

Aurélie : 一般來說，法國人空閒時做什麼呢？

Grégoire : 我們喜歡閱讀、去看電影、去博物館、做園藝、騎自行車、玩樂器等。我們也喜歡霹靂舞，自從它列入奧林匹克運動比賽項目之後，也吸引很多業餘者。在臺灣它受歡迎嗎？

Aurélie : 非常受歡迎！但是我們也很喜歡使用手機。有些人很難跟它分開。在法國也是這種情況嗎？

Grégoire : 喔，是啊，妳完全無法想像。例如，在大眾運輸交通工具裡，大家都在看手機。很多人也喜歡自創網站或是在 Instagram 上放相片及影片。另外一些人比較喜歡去公園或森林散步。在法國有很多地方人們可以徒步健行。

Aurélie : 你在臺灣有沒有去徒步健行？

Grégoire : 沒有，但是我很想去烏來，妳想要跟我去嗎？

Aurélie : 我已經去過了，不過，我會很高興帶你去發掘這個令人放鬆的地方！

Grégoire : 好啊，那麼我們再打電話聯絡喔！

2 Grammaire | 文法解析

· L'expression du temps（時間短語）

Depuis que（連接詞短語）　自從 ... 以後

> **請看對話中的句子：**
>
> Grégoire : On aime bien lire, aller au cinéma, au musée, faire du jardinage, du vélo, de la musique, etc. Aussi, <u>depuis que</u> le breakdance fait partie des disciplines olympiques...

例句：

- <u>Depuis qu</u>'elle s'est fait opérer de la cataracte, sa vue s'est beaucoup améliorée.
  自從她的眼睛開白內障之後，她的視力改善很多。

- Cette entreprise a réduit ses dépenses énergétiques <u>depuis que</u> des panneaux solaires ont été installés.
  自從這家公司裝置了太陽板以後，就減少了能源開銷。

Chansons francophones ♫

★ Nathalie Cardone - *Populaire*

★ Yannick Noah - *Si tu savais*

★ Dirty Old Mat - *Depuis que…*

30 La culture du café
咖啡文化

Théo : Tiens, goûte le café que j'ai commandé. Il vient d'Éthiopie.

Julia : Un café africain ! Le mien vient du Guatemala.

Théo : Tu préfères lequel ?

Julia : Difficile à dire.

Théo : Je pense que je préfère le mien.

Julia : Moi, je trouve que c'est un peu fort.

Théo : C'est différent, mais les deux sont bons.

Julia : Tu es connaisseur de café ?

Théo : Moi ? Ah non, pas du tout.

Julia : C'est à la mode à Taïwan. Et beaucoup de Taïwanais aiment aussi aller au café pour étudier ou travailler sur leurs projets. D'ailleurs, un jour, quand je suis entrée dans un café, j'ai vu que tout le monde était en train de travailler dans un silence absolu. J'avais l'impression d'être à la bibliothèque et je n'osais pas faire de bruit.

Théo : Il faut dire que certains cafés sont vraiment bien équipés pour travailler. Mais moi, je n'arrive pas à étudier dans un lieu public parce que j'ai du mal à me concentrer.

Julia : Les Français ne vont pas souvent au café ?

Théo : Ah si si si ! En France, chaque village a un café. Mais les gens y vont pour sociabiliser au lieu d'étudier. Ils veulent avoir des interactions sociales. En général, ils étudient chez eux s'ils ne peuvent pas le faire à l'université.

Julia : C'est agréable de prendre un café en terrasse. Je me souviens du jour où j'étais à la terrasse d'un café à Lyon pendant la fête de la musique. C'était un bon moment parce qu'on pouvait apprécier du bon café tout en écoutant la musique qui était jouée dans la rue. L'ambiance était joyeuse ! Au fait, tu le prends à quelle heure, ton café ?

Théo : Pas trop tard. D'ailleurs ça me fait penser à une citation de Philippe Geluck : « Boire du café empêche de dormir. Par contre, dormir empêche de boire du café ! »

Théo： 給妳，嚐嚐看我點的咖啡，它來自於衣索比亞。

Julia： 非洲的咖啡！我的來自於瓜地馬拉。

Théo： 妳比較喜歡哪一種？

Julia： 很難說。

Théo： 我覺得我比較喜歡我點的。

Julia： 我覺得這有點強。

Théo： 這是不一樣的，但是這兩種都很好喝。

Julia： 你是喝咖啡專家嗎？

Théo： 我？不，一點也不是。

Julia： 在臺灣很流行喝咖啡。很多臺灣人也喜歡去咖啡館唸書或是做他們的研究計畫。此外，有一天，我走進了一家咖啡館，看到了大家正在安靜地工作，我覺得好像在圖書館，而且我不敢出聲。

Théo： 應該這麼說，有些咖啡館設備好，方便工作。但是我無法在公共場所唸書，因為我很難集中精神。

Julia： 法國人不常去咖啡館嗎？

Théo： 常去啊！在法國每個鄉鎮都有一家咖啡館，然而人們去那裡是為了社交而不是去唸書，他們想要有社交互動。一般來說，如果他們不能在大學唸書，就會在家唸。

Julia： 在露天咖啡座喝咖啡是非常舒服的。我記得在音樂節那天我曾在里昂的一間露天咖啡座。這是個美好時光，因為人們可以一邊品嚐好的咖啡，一邊聽街頭的音樂，多麼快樂的氣氛！說到喝咖啡，你幾點喝你的咖啡？

Théo： 不要太晚。然而說到喝咖啡此事，讓我想到 Philippe Geluck 曾說過的一句名言：「喝咖啡妨礙睡眠，相反地，睡覺妨礙喝咖啡！」

· **Les pronoms possessifs（所有格代名詞）**

Le mien / Les miens（陽性單複數） 　　我的

La mienne / Les miennes（陰性單複數） 　我的

> **請看對話中的句子：**
>
> Julia : Un café africain ! <u>Le mien</u> vient du Guatemala.

例句：

Romy : Cette tablette, elle est à toi ?
　　　 這個平板電腦是你的嗎？

Charlie : Non, ce n'est pas <u>la mienne</u>.
　　　　 不，這不是我的。

‧ Le pronom relatif（關係代名詞）

Où 時間補語（complément de temps）

où 之前的先行詞是日期、時間。

> **請看對話中的句子：**
>
> Julia : C'est agréable de prendre un café en terrasse. Je me souviens du jour <u>où</u> j'étais à la terrasse d'un café à Lyon pendant la fête de la musique.

例句：

- Le jour <u>où</u> ils sont arrivés à Paris, c'était Noël.
  (où 之前的先行詞是 Le jour)
  他們抵達巴黎的那天正好是聖誕節。

- 2005, c'est l'année <u>où</u> nous sommes allés en Italie pour la première fois. (où 之前的先行詞是 l'année)
  2005 年是我們第一次去義大利。

· L'expression de l'opposition（對立短語）

Au lieu de + verbe à l'infinitif　不……反而

請看對話中的句子：

Théo : Ah si si si ! En France, chaque village a un café. Mais les gens y vont pour sociabiliser au lieu d'étudier.

例句：

- Il joue aux jeux vidéo sur son smartphone au lieu de faire ses devoirs.
他不做功課而用手機玩遊戲。

- Au lieu de m'aider, elles bavardent sans arrêt entre elles.
她們不停地聊天而不幫我忙。

Chansons francophones ♫

★ Gérald de Palmas - *Une seule vie*

★ Paradis - *Toi et moi*

★ Serge Gainsbourg – *Couleur café*

Notes

Vous préférez le café ou le thé ?

附錄

附錄一

Constructions verbales 動詞結構

（註：句子後面的數字代表每一章）

01. qqch plaire à qqn 某事取悅於某人

- Ça te plaît ? (01)
- Est-ce que la nourriture taïwanaise te plaît ? (07)
- Ça vous a plu ? (13)
- Ça m'a beaucoup plu. (13)

02. dépendre de qqch / de qqn 看某事的狀況 / 看某人的情況

- Ça dépend des restaurants. (08)
- Ben...ça dépend des matières. (28)
- Ça dépend des gens. (25)

03. se passer 發生

- Et en France, ça se passe comment ? (08)
- Je vais essayer et je te dirai comment ça se passe. (17)
- Comment ça se passe à Taïwan ? (24)
- Ça s'est bien passé ? (28)
- Tiens, je me suis toujours demandé comment se passait un mariage en France. (24)

04. apprendre à + verbe à l'infinitif 學習做某事

- Au fait, comment tu as appris à faire la cuisine ? (08)

05. se faire des amis 交朋友

- À ton avis, comment est-ce que je peux me faire des amis à Taïwan ? (09)

06. participer à qqch 參與某事

- Tu peux aussi participer à des événements. (09)
- Par exemple, tu peux participer à un café-langues. (09)

07. Ça te dit (dirait) de (d') ... ? 你想要 .... 嗎？

- Ça te dirait ? (09)
- Vraiment ? Oh, c'est génial ! Ça te dirait d'aller au bar avec moi un de ces jours ? (09)
- Ça te dirait d'aller au festival de musique avec nous ? (10)
- Alors, ça te dirait de te faire tatouer ? (25)
- Ça te dit d'y aller avec moi ? (29)

08. qqch intéresser qqn 某事讓某人感興趣

- Oh, ça m'intéresse aussi. (10)

09. présenter qqn à qqn 介紹某人給某人認識

- Je te présente John. (10)

10. qqch aller à qqn 某事讓某人方便或適合某人

- Demain après-midi, ça te va ? (10)
- Chez moi vers 18 heures 30, ça vous va ? (16)
- Je ne sais pas si cela m'irait. (25)

11. faire du bien à qqn 讓某人感到舒服

- Ça me fait du bien. (11)

12. permettre à qqn de + verbe à l'infinitif 允許某人做某事

- Ben...ça me permet d'être en bonne santé. (11)

13. qqch tenter qqn 某事吸引某人

- Merci, c'est gentil, mais ça ne me tente pas trop, désolée. (11)
- Moi, Tahiti, ça me tente aussi ! (20)

14. penser de qqch 認為、覺得（對某事的看法）

- Que penses-tu du groupe de jazz ? (13)
- Qu'est-ce que vous pensez du groupe de jazz ? (13)
- Alors, qu'est-ce que tu penses de ChatGPT ? (18)
- Qu'est-ce que tu penses des tatouages ? (25)

15. manquer à qqn 缺少

- Ça me manque un peu ! (14)

16. assister à qqch 參加某事

- Non, mais on va assister à une cérémonie du thé ! J'ai hâte. (15)

17. donner faim à qqn 讓某人餓

- L'apéro, c'est pour ouvrir l'appétit. C'est-à-dire, nous donner faim. (16)

18. faire penser à qqch 讓某人想到某事

- Ah, ça me fait penser à une phrase que j'ai apprise en cours… (16)

19. poser une question à qqn 問某人一個問題

- Tu vas lui poser des questions et il te répondra comme tu le souhaites. (17)

20. répondre à qqn 回答某人問題

- Tu vas lui poser des questions et il te répondra comme tu le souhaites. (17)

21. compter sur qqn 仰賴某人

- Oui, mais attention, il ne faut pas trop compter sur lui. (17)
- Parfait ! Je compte sur toi. (19)

22. se tromper 弄錯

- Il peut parfois <u>se tromper</u> ! (17)

23. mettre du temps pour + verbe à l'infinitif 花時間做某事

- Avant, je <u>mettais beaucoup de temps pour</u> écrire un rapport. (18)

24. avoir besoin de qqch 需要某物

- Plus <u>besoin de</u> dictionnaire ! (18)

25. être capable de + verbe à l'infinitif 有能力做某事

- Qu'est-ce qu'il <u>est capable de</u> faire d'autre ? (18)

26. parler de qqch 談到某事

- <u>De</u> quoi <u>parle</u> ton podcast ? (19)
- <u>De</u> quoi ça va <u>parler</u> ? (19)
- Ça va surtout <u>parler de</u> la langue et <u>de</u> la culture françaises. (19)

27. avoir l'air + adjectif 看起來

- Ça <u>a l'air</u> intéressant. (19)

28. partager qqch avec qqn 跟某人分享某事

- Ça peut enrichir la vie des gens, et moi je peux <u>partager</u> certains sujets <u>avec</u> tout le monde. (19)
- Évidemment ! Et je <u>partagerai</u> même <u>avec</u> mes amis. (19)

29. se souvenir que 回憶起

- Je <u>me souviens qu</u>'il faisait très chaud… (20)

30. donner envie de + verbe à l'infinitif 想要做某事

- Ça <u>donne envie d</u>'y aller ! (20)

31. penser de qqn 認為
- Qu'est-ce que tu penses des Taïwanais ? (21)

32. s'intéresser à qqch 對某事感到興趣
- J'ai aussi remarqué qu'ils s'intéressent beaucoup aux cultures étrangères. (21)

33. qqch déranger qqn 某事打擾到某人
- Et qu'est-ce qui te dérange à Taïwan ? (21)

34. s'habituer à qqch 適應某事
- Mais la chaleur est difficile à supporter pour moi. Je n'y suis pas habitué. (21)
- Si tu restes longtemps à Taïwan, tu t'habitueras au climat. (21)

35. se faire 被做
- Et en France, ça ne se fait pas ? (22)

36. faire garder + nom 被看管、照料
- Ce sont des endroits où on fait garder nos animaux. (22)

37. se marier 結婚
- J'ai lu que les Taïwanais se mariaient de plus en plus tard… (23)
- Certaines personnes font des études plus longues et donc se marient plus tard. (23)

38. profiter de qqch 趁某個機會
- D'autres veulent profiter de la vie et ne veulent pas faire d'enfants. (23)
- Bon, allez, il fait beau aujourd'hui, on en profite pour aller faire un petit tour dans le parc ? (27)

39. se demander 自問

- Tiens, je me suis toujours demandé comment se passait un mariage en France. (24)

40. jouer à + un jeu 玩遊戲

- Et après, on fait la fête ensemble : on mange, on boit, on danse, on joue à des jeux… (24)

41. être composé de qqch 組合的

- Le menu est composé de douze plats et on mange autour de tables rondes. (24)

42. se changer 換衣服

- La mariée va se changer deux ou trois fois au cours du repas. (24)

43. remercier qqn 感謝某人

- À la fin, ils se mettent à la sortie pour remercier chaque invité. (24)

44. se souvenir de qqch 回憶起某事

- Pour moi, c'est un moyen de se souvenir de quelque chose qui nous tient à cœur. (25)
- Je me souviens du jour où j'étais à la terrasse d'un café à Lyon pendant la fête de la musique. (30)

45. qqch tenir à cœur à qqn 某事讓某人掛在心上

- Pour moi, c'est un moyen de se souvenir de quelque chose qui nous tient à cœur. (25)

46. faire mal à qqn 弄痛某人

- Est-ce que ça fait mal ? (25)

47. se faire + verbe à l'infinitif 被

- Alors, ça te dirait de te faire tatouer ? (25)

48. réfléchir à qqch 思考某事

- Euh... Je vais y réfléchir. (25)

49. expliquer à qqn 跟某人解釋某事

- Est-ce que tu peux m'expliquer ce que c'est, la galanterie ? (26)

50. faire plaisir à qqn 讓某人開心
faire plaisir à qqn de + verbe à l'infinitif 讓某人開心去做某事

- Ce sont de petits gestes de politesse que les hommes font pour faire plaisir aux femmes... (26)
- J'y suis déjà allé, mais ça me ferait plaisir de te faire découvrir cet endroit relaxant ! (29)

51. ouvrir la porte à qqn 幫某人開門

- Ce sont de petits gestes de politesse que les hommes font pour faire plaisir aux femmes : leur ouvrir la porte... (26)

52. faire asseoir qqn 讓某人坐下來

- Ce sont de petits gestes de politesse que les hommes font pour faire plaisir aux femmes : leur ouvrir la porte, les faire asseoir... (26)

53. dire qqch à qqn 跟某人說某事

- Ce sont de petits gestes de politesse que les hommes font pour faire plaisir aux femmes : leur ouvrir la porte, les faire asseoir, leur <u>dire des compliments</u>, etc. (26)

54. avoir peur de + verbe à l'infinitif 害怕做某事

- Pour certains, c'est parce qu'ils <u>ont peur de</u> poser des questions en public. (26)

55. avoir envie de + verbe à l'infinitif 想要做某事

- Non, la prochaine fois, j'<u>ai</u> plutôt <u>envie de</u> découvrir d'autres îles ou archipels… (20)
- Ils n'<u>ont</u> pas <u>envie de</u> perdre la face. (26)
- Non, mais j'<u>ai</u> très <u>envie d'</u>aller à Wulai. (29)

56. éviter de + verbe à l'infinitif 避免做某事
éviter qqn de + verbe à l'infinitif 讓某人避免做某事

- Par contre, il vaut mieux <u>éviter de</u> venir en été parce qu'il fait une chaleur épouvantable. (27)
- C'est plus pratique, ça <u>m'évite de</u> me déplacer jusqu'à l'université. (28)

57. se déplacer 移動

- C'est plus pratique, ça m'évite de <u>me déplacer</u> jusqu'à l'université. (28)

58. arriver à + verbe à l'infinitif 有辦法做某事

- Mais tu <u>arrives à</u> te concentrer sur le cours ? (28)
- Mais moi, je n'<u>arrive</u> pas <u>à</u> étudier dans un lieu public parce que j'ai du mal à me concentrer. (30)

59. se concentrer 專心

- Mais tu arrives à te concentrer sur le cours ? (28)
- Mais moi, je n'arrive pas à étudier dans un lieu public parce que j'ai du mal à me concentrer. (30)

60. se motiver 引起動機

- Donc parfois, ce n'est pas facile de se motiver. (28)

61. avoir du mal à + verbe à l'infinitif 有困難做某事

- Certains ont du mal à s'en séparer. (29)
- Mais moi, je n'arrive pas à étudier dans un lieu public parce que j'ai du mal à me concentrer. (30)

62. se séparer de qqch 分開

- Certains ont du mal à s'en séparer. (29)

63. faire partie de 屬一部分

- De même, depuis que le breakdance fait partie des disciplines olympiques, il attire de nombreux amateurs. (29)

64. qqch attirer qqn 某事吸引某人

- De même, depuis que le breakdance fait partie des disciplines olympiques, il attire de nombreux amateurs. (29)

65. utiliser qqch 使用某物

- Mais on aime aussi utiliser notre portable. (29)

66. faire découvrir qqch à qqn 讓某人發覺某事

- J'y suis déjà allée, mais ça me ferait plaisir de te faire découvrir cet endroit relaxant ! (29)

67. être en train de + verbe à l'infinitif 正在做某事

- D'ailleurs, un jour, quand je suis entrée dans un café, j'ai vu que tout le monde était en train de travailler dans un silence absolu. (30)

68. avoir l'impression de + verbe à l'infinitif 好像

- J'avais l'impression d'être à la bibliothèque et je n'osais pas faire de bruit. (30)

69. oser + verbe à l'infinitif 敢做某事

- J'avais l'impression d'être à la bibliothèque et je n'osais pas faire de bruit. (30)

70. empêcher de + verbe à l'infinitif 禁止做某事

- D'ailleurs, ça me fait penser à une citation de Philippe Geluck : « Boire du café empêche de dormir. Par contre, dormir empêche de boire du café ! » (30)

附錄二

Grammaire 文法

01-10

01. L'expression du temps（時間短語）：Depuis

02. Trouver + nom（名詞）
    Trouver + que + phrase（句子）

03. Qu'est-ce que... ?
    Est-ce que... ?

04. L'expression de la cause（原因短語）：Parce que
    Le pronom personnel COD（直接受詞補語代名詞）：En
    Le futur simple（簡單未來時）
    Le complément de lieu（地方補語）：Y

05. 分辨 être 或 avoir 之用法
    Ne ... que (= seulement)
    L'expression de la comparaison（比較級短語）：Plus de +
    nombre

06. Les constructions impersonnelles（非人稱結構）

07. Le passé composé（複合過去時）
    副詞（assez, beaucoup, bien, déjà, trop）在複合過去時的位
    置

L'imparfait（過去未完成時）

Le pronom personnel COD：En

08. L'impératif（命令語式）

L'infinitif passé（不定式過去時）

L'expression de la comparaison（比較級短語）：De plus en plus + de (d') + nom

Le pronom personnel neutre（中性人稱代名詞）：Le

09. Les pronoms indéfinis（不定代名詞）：Certains (certaines)…d'autres

如何表達「下次再見面」的説法

10. Le pronom indéfini（不定代名詞）：Rien + de (d') + adjectif masculin（陽性形容詞）

人稱代名詞的位置：第一個動詞 + y + 第二個動詞

11-20

11. Le pronom personnel COD：En

L'expression de la comparaison（比較級短語）：Plus... plus...

Devoir（應該）：直陳式與條件式之用法

12. Y：在直陳式或命令式之位置

13. L'imparfait（過去未完成時）

Les pronoms interrogatifs（疑問代名詞）：Lequel / Lesquels / Laquelle / Lesquelles

Les pronoms démonstratifs（指事代名詞）：Celui-ci / Celui-là, Celle-ci / Celle-là, Ceux-ci / Ceux-là, Celles-ci / Celles-là

14. 選擇 avoir 而不可以選擇 être

Le pronom relatif（關係代名詞 ）：Qui

15. Le futur proche（近未來時）

Préposition（介係詞）＋ qui（關係代名詞）

16. Le gérondif（副動詞）

L'expression de la conséquence（結果短語）：Du coup

17. 命令語式肯定句與人稱代名詞的位置之用法

18. Le pronom neutre（中性指示代名詞）與 le pronom relatif（關係代名詞）：Ce que (qu')

19. Le conditionnel présent（條件語式現在時）

Préposition（介系詞）＋ quoi

20. Le passé composé et l'imparfait（複合過去時與過去未完成時）

Les adjectifs indéfinis（不定形容詞）：Un autre, une autre, d'autres

21. L'expression de la conséquence（結果短語）：Donc

L'expression de la cause（原因短語）：Car

Le pronom interrogatif（疑問代名詞）：Qu'est-ce qui

L'expression de la condition（條件短語）：Si

22. L'expression de la cause（原因短語）：Comme

Le pronom relatif（關係代名詞）：Où

Les expressions de la quantité（數量片語）：Peu de, un peu de

23. L'expression de la comparaison（比較級短語）：De moins en moins + de (d') + nom

L'expression de la cause（原因短語）：À cause de

Les adjectifs indéfinis（不定形容詞）：Certains (certaines)... d'autres

24. L'adjectif indéfini（不定形容詞）：La plupart de

La locution adverbiale（副詞短語）：Au cours de

25. Les pronoms indéfinis（不定代名詞）：L'un(e)... l'autre

L'expression de la cause（原因短語）：Grâce à

La voix passive（被動語式）：Se faire

26. Le pronom indéfini（不定代名詞）：Quelqu'un + de (d') + adjectif masculin（陽性形容詞）

27. Le subjonctif présent（虛擬式現在時）：Il vaut mieux que, il arrive que, pour que

L'expression de la cause（原因短語）：Puisque

Les pronoms indéfinis（不定代名詞）：Chacun, chacune

28. 分辨形容詞（adjectif）與動詞的形容詞（adjectif verbal）之用法

29. L'expression du temps（時間短語）：Depuis que

30. Les pronoms possessifs（所有格代名詞）：Le mien / Les miens / La mienne / Les miennes

Le pronom relatif（關係代名詞）：Où

L'expression de l'opposition（對立短語）：Au lieu de

附錄三

Chansons francophones 法語區國家歌曲

　　精選130首1930年到2024年法語區國家歌曲，包括法國、比利時、加拿大、瑞士及法屬瓜地洛普島（Guadeloupe）及留尼旺島（île de la Réunion）的歌曲。

1. J'ai deux amours (1930) / Joséphine Baker
2. Parlez-moi d'amour (1930) / Lucienne Boyer
3. Qu'est-ce qu'on attend pour être heureux ? (1937) / Ray Ventura et son orchestre
4. La mer (1945) / Charles Trenet
5. Petit Papa Noël (1946) / Tino Rossi
6. Les feuilles mortes (1947) / Yves Montand
7. La vie en rose (1947) / Edith Piaf
8. Chanson pour l'Auvergnat (1954) / Georges Brassens
9. Un jour, tu verras (1954) / Mouloudji
10. Scoubidou (1959) / Sacha Distel
11. Ne me quitte pas (1959) / Jacques Brel
12. La javanaise (1962) / Serge Gainsbourg
13. Tous les garçons et les filles (1962) / Françoise Hardy
14. L'école est finie (1963) / Shéila
15. La montagne (1964) / Jean Ferrat
16. La bohème (1965) / Charles Aznavour
17. Nathalie (1966) / Gilbert Bécaud
18. Les jolies colonies de vacances (1966) / Pierre Perret
19. Les cornichons (1966) / Nino Ferrer

參考書目

1. Delatour Y., Jennepin D., Léon-Dufour M., Teyssier B., *Nouvelle Grammaire du Français*, Hachette, Paris, 2004.

2. Pierre Saka, *La chanson française à travers succès,* Larousse, Paris, 1994.

3. Poisson-Quinton S., Mimran R., Mahéo-Le Coadic M., *Grammaire expliquée du français,* CLE INTERNATIONAL, Paris, 2002.

4. 楊淑娟、Julien Chameroy《法語凱旋門：文法圖表經解》（Clé du français），聯經出版社, 2014。

5. 楊淑娟、Alain Monier《法語 Oh là là》，瑞蘭國際出版社, 2018。

6. 楊淑娟、侯義如《法文文法瑰寶》，聯經出版社, 2021。

國家圖書館出版品預行編目資料

閒聊説法語 / 楊淑娟、Théo Scherer合著
-- 初版 -- 臺北市：瑞蘭國際, 2025.02
200面；14.8×21公分 --（外語達人系列；35）
ISBN：978-626-7473-97-9（平裝）
1. CST：法語 2. CST：會話 3.CST：語法

804.588   113017555

外語達人系列35

閒聊說法語

作者｜楊淑娟、Théo Scherer
責任編輯｜潘治婷、王愿琦
校對｜楊淑娟、Théo Scherer、潘治婷、王愿琦

法語錄音｜Théo Scherer、Lise Moyon
錄音室｜采漾錄音製作有限公司
封面設計、版型設計｜劉麗雪
封面插畫｜Théo Scherer
內文排版｜陳如琪

瑞蘭國際出版

董事長｜張暖彗・社長兼總編輯｜王愿琦
編輯部
副總編輯｜葉仲芸・主編｜潘治婷
設計部主任｜陳如琪
業務部
經理｜楊米琪・主任｜林湲洵・組長｜張毓庭

出版社｜瑞蘭國際有限公司・地址｜台北市大安區安和路一段104號7樓之一
電話｜(02)2700-4625・傳真｜(02)2700-4622・訂購專線｜(02)2700-4625
劃撥帳號｜19914152 瑞蘭國際有限公司
瑞蘭國際網路書城｜www.genki-japan.com.tw

法律顧問｜海灣國際法律事務所　呂錦峯律師

總經銷｜聯合發行股份有限公司・電話｜(02)2917-8022、2917-8042
傳真｜(02)2915-6275、2915-7212・印刷｜科億印刷股份有限公司
出版日期｜2025年02月初版1刷・定價｜450元・ISBN｜978-626-7473-97-9